죄와

벌

II

일러두기

- 이 책은 Fyodor Dostoevskii, trans. Constance Garnett, 『*Crime and Punishment*』(Project Gutenberg, 2016)를 참고했습니다.

# 죄와 벌 II

표도르 도스토예프스키 지음

살림

죄와 벌 II **차례**

제
4
부

# 제21장

'내가 아직 꿈을 꾸고 있는 걸까?'라고 라스콜리니코프는 생각했다. 그는 의심스런 눈초리로 조심스럽게 이 불청객을 살펴보았다. 그리고 마침내 당황한 듯 큰 목소리로 외쳤다.

"스비드리가일로프? 무슨 황당한 소리를! 말도 안 돼!"

사나이는 그의 외침에도 전혀 놀라는 기색이 아니었다. 그는 침착하게 말했다.

"내가 찾아온 이유는 두 가지올시다. 첫째는 당신과 친해지고 싶어서요. 오래전부터 당신에 관해 좋은 얘기를 많이 들었소. 두 번째는 내가 계획하고 있는 어떤 일에서 당신의 도움을 받았으면 해서요. 당신의 누이인 아브도치야 로마노브나의 이익과 밀접하게 연관되는 일이오. 나 혼자 불쑥 그녀를 찾아간다면 나에 대한 선입견도 있고 해서 나를 들어오지도 못하게 할 거요. 하지만 당신이 도와준다면…….”

“무슨 당치 않은 소리를! 꿈도 꾸지 말아요!”

“당신이 왜 그런 소리를 하는지 잘 알고 있소. 내가 당신 누이에게 집적거렸기 때문이 아니요? 의지할 곳 없는 처녀에게……. 하지만 나라고 해서 여자에게 반하거나 사랑에 빠지지 말란 법이 어디 있소? 당신은 나를 악당으로 생각할지 몰라도 어떤 의미로는 나도 희생자라오. 그녀에게 둘이 스위스로 도망가자고 말했을 때 나는 더없이 경건했고, 둘이 행복할 수 있으리라 생각했을지도 모르오……! 나는 내 이성을 마비시킨 열정의 희생자였을 수도 있소.”

“그런 궤변 다 필요 없어요. 난 무조건 당신이 싫어요. 어서 나가기나 해요.”

“역시 듣던 대로…… 단번에 잘라버리는군. 하지만 이 말만은 해야겠소. 정원에서의 그 일만 없었다면 아무 문제가 없었을 거요. 마르파 페트로브나가…….”

“그녀도 당신이 죽였다고 하던데요.” 라스콜리니코프가 도중에 말을 잘랐다.

“아, 그 이야기도 들으셨군. 하긴 당연하지……. 그 일에 관해서는 뭐라고 말해야 할지 모르겠소. 하지만 확실한 건 그 일에 관한 한 내가 조금도 양심에 거리낄 게 없다는 말은 해야겠소. 엄격한 법에 의해 모든 게 해결된 일이니까……. 마르파가 식사하면서 포도주를 한 병이나 마시고 곧바로 물에 들어갔기 때문에 일어난 일종의 뇌졸중이었다는 것이 검시 결과 밝혀졌소. 난 채찍으로 두 대 때린 게 고작이었소."

라스콜리니코프는 이만 이야기를 끝내고 싶어 벌떡 일어나 방에서 나가려 했다. 하지만 순간 그 어떤 호기심에 자신도 모르게 불쑥 물었다. 무심한 어조였다.

"채찍을 자주 사용하는 모양이군요."

"아니오. 더욱이 마르파 페트로브나와는 아주 사이좋게 잘 지냈고. 7년을 함께 살면서도 그런 일은 딱 두 번밖에 없었소."

이어서 그는 장황하게 자신이 마르파 페르로브나와 만나서 결혼하게 된 사연을 늘어놓았다. 그는 8년 전쯤 페테르부르크에 있었을 때 친구들과 어울려 사기도박을 했다고 아무렇지도 않게 털어놓았다. 그 친구들 중에는 시인들도 있었고 사업가들도 있었다. 그들은 그의 표현을 빌면 '러시아에서 가장 훌륭한 사람들'이었다. 그는 러시아에서는 어딘가 망가진 사람이 가장 훌륭한 사람이 아니냐며 껄껄 웃었다. 그리고 자신도 그 훌륭한 사람 대열에 낀다고 말했다.

"시골에 틀어박혀 지내는 바람에 요 꼴이 되었지만 나도 감옥에 갈 뻔했던 몸이라오."

그는 어느 그리스인에게 빚을 지게 되었고 빚을 갚지 못해서 수감이 되었다. 그때 빚을 갚고 자신을 빼낸 게 바로 마르파 페트로브나였다. 그녀는 그보다 다섯 살 위였다. 그는 그녀와 결혼을 했고 이후 둘이 시골로 내려가 칩거했다. 그는 그대로 따를 수밖에 없었다. 그녀가 그의 빚을 갚으면서 다른 사람 명의로 된 차용증서를 움켜쥐고 있었던 것이다.

"하지만 그 차용증서에 매여 시골에서 못 나온 건 아니오. 나 스스로 시골에서 나오지 않은 거요. 마르파는 1년 전쯤에 내게 그 차용증서를 돌려주었소. 게다가 상당한 액수의 돈도 선물로 주었소. 그녀는 정말 부자였으니까……. 덕분에 나는 어엿한 지주가 되었지……."

이어서 그는 죽은 그녀의 모습을 가끔 본다고 말했다. 그리고 라스콜리니코프에게, 당신은 그런 경험이 없느냐고 물었다.

"무슨 황당한 소리를 하는 거요?" 라스콜리니코프는 자신도 모르게 소리를 질렀다. 스비드리가일로프가 방 안으로 들어오기 전에 꾸었던 악몽이 생각났기 때문이었다.

그러자 스비드리가일로프가 말했다.

"아마 당신은 유령이 있다는 걸 좀체 믿지 않겠지요. 하지만 이렇게 생각해보는 건 어떻소? '유령이라는 것은 다른 세계의 단편이며 요소이다. 유령은 건강한 사람에게는 보이지 않는다. 누군가 건강하다는 것은 그가 보다 지상적이고 물질적인 사람이라는 것을 뜻한다. 그는 이 땅에서의 풍요로움과 질서만을 위해 살아야 한다. 하지만 그가 병에 걸려서 지상의 질서가 조금이라도 흔들리게 되면 즉각 다른 세계의 가능성이 그에게 나타난다. 병이 심해지면 심해질수록 다른 세계와의 긴밀한 접촉이 있게 되며 죽게 되면 즉시 다른 세계로 가게 된다.' 나는 오래전부터 그런 생각을 해왔소. 당신이 내세(來世)를 믿고 있다면 이런 내 생각도 믿을 수 있을 거요."

"나는 내세를 믿지 않습니다."

스비드리가일로프는 잠시 생각에 잠긴 듯 앉아 있었다. 라스콜리니코프는 이 사내와 더 이상 긴 이야기를 나누고 싶지 않았다. 게다가 그와 이야기를 나누면 나눌수록 왠지 등골이 오싹해지는 것을 느꼈다.

"제발…… 빨리 밝히기나 해요……. 뭣 때문에 나를 찾아왔는지……. 그리고…… 그리고…… 나는 시간이 없어요. 빨리 나가봐야 해요."

"아아, 미안합니다……. 당신 누이가 표트르 페트로비치 루쥔 씨와 결혼하려 한다지요?"

"내 누이 이야기는 제발 꺼내지 말아요. 당신이 정말 스비드리가일로프 씨가 맞다면 어떻게 내 앞에서 그 애 이름을 입에 올릴 수 있단 말입니까?"

"하지만 내가 당신 누이 이야기를 하러 왔는데 어떻게 그 이름을 입에 올리지 않을 수 있단 말입니까?"

"좋아요. 빨리 말해봐요."

"당신도 분명 내 의견에 동의하리라고 보는데……. 그는 결코 당신 누이동생의 배필감이 못 되오. 당신 누이는 너무 고결하게도……, 가족들을 위해 자신을 희생하는 거요. 나는 당신을 만나 이야기를 나누어보고 확신을 갖게 되었소. 당신 누이가 품었던 그 고결한 목적을 이루면서 동시에 이 결혼을 취소하는 편이 최선이라는 것을……. 그렇게 되면 당신도 만족하리라는 것을……."

"너무 유치한 생각이군요. 이런 말을 해도 좋다면…… 너무 뻔뻔합니다."

"무슨 뜻인가요? 내가 내 잇속을 챙기려 한다는 뜻인가요?

로지온 로마노비치, 그런 걱정일랑 마시오. 내가 내 잇속만 차리려고 했다면 이런 식으로 단도직입적으로 말하지는 않았을 거요. 나는 그 정도로 바보는 아니니까……. 어떻게 설명해야 할까? 좀 독특한 심리 상태를 당신에게 보여줘야 할 것 같은데……. 내가 아까 나도 열정의 희생자였다는 말을 했지요? 그런데 솔직히 지금은 당신 누이를 사랑하고 있지 않아요. 스스로 생각해도 이상할 정도로……. 예전에는 분명히 사랑했었는데…….”

“그건 그렇다 치고 빨리 용건을 말해요. 이제 정말 나가봐야 합니다.”

“그러겠소. 페테르부르크에 도착하자마자 나는 어디론가 여행을 떠나기로 결심했소. 내 아이들은 이모 집에 남겨두었소. 아니, 이런 이야기도 필요 없지. 곧바로 용건을 말하겠소. 나는 당신 누이를 만나고 싶소. 가능한 한 당신도 함께였으면 좋겠소. 아내가 루쥔 그자와의 혼담을 주선했으니 내 손으로 끝내고 싶은 거요. 실은 아내와 다툰 것도 그 때문이었소. 나는 당신 누이에게 그자와 결혼하는 건 조금도 이익이 되지 않고 오히려 손해라는 걸 설명해주고 싶소. 그리고 지난 일에 대한 사과의 의미로 그녀에게 1만 루블을 주는 걸 허락해달라고 말하고 싶소. 그렇게 해서 루쥔과의 파혼을 쉽게 만들어주고 싶소."

"당신, 정말이지, 정말이지 돌았군요!" 라스콜리니코프는 화가 난다기보다는 어이가 없어서 말했다. "어떻게 감히 그 따위 말을!"

"당신이 소리치리라는 건 알고 있었소. 하지만, 비록 내가 큰 부자는 아니지만, 그 1만 루블은 내게는 있으나 마나 한 돈이요. 그녀가 받아주지 않는다면 바보 같은 짓에 써버리고 말 거요. 또한 나는 이 돈을 내놓으면서 양심에 아무런 거리낌도 없소. 아무런 이해타산도 없이 내놓는 거니까. 이 돈으로 내 잘못을 털어버리겠다는 게 아니요. 순전히 당신 누이에게 도움이 되었으면 하는 마음뿐이오. 나라고 언제나 나쁜 짓만 하고 살아야 하는 건 아니잖소? 자, 무조건 화를 낼 것이 아니라 침착하게 한번 판단해보시오."

"제발 그만하시지요. 어쨌든 간에 당신 이야기는 무례하기 짝이 없어요. 절대로 받아들일 수 없어요."

"알았소. 그녀에게 정말 요긴한 돈일 텐데……. 어쨌든 내 뜻을 누이에게 전해주시구려."

"아뇨, 전하지 않겠습니다."

"그렇다면 내가 직접 만나는 수밖에 없겠구려."

제21장

"기대도 하지 마세요."

"거참, 유감인데……. 어쨌든 당신은 아직 나를 잘 모르오. 하지만 우리가 좀 더 친해지면……."

"우리가 친해진다고요?"

"안 될 게 뭐 있소?" 스비드리가일로프는 빙그레 웃으며 모자를 집어 들었다. "정말로 당신을 귀찮게 할 생각은 추호도 없었소. 하긴 여기 오면서 큰 기대를 하지도 않았지만……."

"그럼 곧 여행을 떠나실 작정인가요?" 라스콜리니코프는 무심코 물었다.

"무슨 여행?"

"방금 여행을 떠날 작정이라고 하지 않았어요?"

"아, 그거? 그래, 아주 광범위한 의미에서 여행이지……. 어쩌면 여행 대신 결혼을 하게 될지도 모르겠소……. 어쨌든 아브도치야 로마노브나는 정말 한번 꼭 만나고 싶구려. 정말 진지하게 부탁하는 거요. 그럼, 안녕히……. 아 참, 한 가지 깜빡한 게 있네. 마르파의 유언장에 당신 누이 앞으로 3,000루블을 주라고 적혀 있었소. 2~3주 후면 그 돈을 받게 될 거요."

"정말입니까?"

"정말이요. 그럼 나는 이만 물러가겠소. 나는 이 근처에 묵고 있소."

　말을 마치고 방을 나서다가 그는 문간에서 라주미힌과 부딪
쳤다.

# 제22장

어느새 8시가 가까워지고 있었다. 라주미힌과 라스콜리니코
프는 루쥔보다 먼저 모녀가 묵고 있는 여인숙에 도착하기 위해
서둘렀다. 밖으로 나오자마자 라주미힌이 물었다.

"누구야?"

"스비드리가일로프. 누이동생이 가정교사로 있던 집 지주야.
거기서 불미스러운 일을 당했지. 그가 두냐에게 연심을 품고
쫓아다니는 바람에 두냐가 그의 부인 마르파 페트로브나에게
쫓겨났었어. 물론 그 여자가 나중에 두냐에게 사과했지. 그런데
그 여자가 갑자기 죽었어. 그리고 저자가 나타난 거야. 아주 이
상한 자인 데다, 뭔가 꿍꿍이가 있어…… 뭔가 알고 있는 것 같
기도 하고…… 두냐를 그자로부터 지켜줘야 해…… 네게 그

말을 하려던 참이었어, 알겠어?"

"지켜준다고? 그자가 두냐에게 무슨 짓을 하려는 건데? 아무튼, 고마워. 내게 그런 말을 해주다니……. 그럼 지켜야지! ……그런데 너랑 이야기를 나눴지? 무슨 일로 온 거래?"

라스콜리니코프는 아무 대답이 없었다. 그러자 라주미힌이 다시 입을 열었다.

"들어봐. 네게 찾아갔더니 자고 있더라. 그래서 두 분과 식사를 한 후 포르피리에게 갔어. 말도 안 되는 의심을 하는 게 괘씸해서였지. 가보니 자묘토프는 여전히 거기 있더군. 난 포르피리를 창가로 데려가서 뭔가 말을 하려 했는데 이상하게 말이 잘 안 나오는 거야. 그래서 그냥 침을 탁 뱉어주고 나왔어. 그게 다야. 그런데 층계를 내려오면서 문득 이런 생각이 들었어. 너나 나나 왜 이 일에 대해 이렇게 걱정하고 있는 걸까? 너하고는 아무 관계가 없는 일이잖아. 그러니 너도 너무 예민하게 신경 쓰지 말고 그저 침이나 탁 뱉어줘."

그 말을 듣고 라스콜리니코프는 새삼 친구를 바라보았다. 정말 이상한 일이었다. 이제까지 '라주미힌이 사실을 알면 뭐라고 할까?'라는 생각이 전혀 들지 않았던 것이다. 그가 포르피리를 찾아갔다는 사실에 대해서는 별 흥미가 없었다. 그의 뇌리를 사로잡고 있는 일들이 너무 많았고, 또한 너무 많은 일들이 그의 관심 밖으로 밀려나 있던 때문이었다.

그들은 여인숙 복도에서 루쥔과 마주쳤다. 그들은 서로 쳐다보지도 않고 인사도 나누지 않은 채 방으로 들어갔다. 방으로 들어간 루쥔은 무게를 좀 잡긴 했으나 꽤 상냥한 태도로 여인들과 인사를 나누었다. 모두들 자리를 잡고 앉았지만 한동안 어색한 침묵이 흘렀다. 루쥔은 손수건을 천천히 꺼내서 점잖게 코를 풀었다. 마치 자신이 당한 모욕에 대해 해명을 기다리고 있다는 표시 같았다. 그는 불분명한 것을 싫어하는 사람이었기에 명확한 설명을 필요로 하고 있었다. '내 지시를 이렇게 노골적으로 어겼다면 거기엔 반드시 이유가 있을 것이다. 우선 그 해명을 들어야겠다. 혼내주는 것은 그 뒤에 해도 된다'는 것이 그의 생각이었다.

그는 다분히 의례적으로 풀헤리야 알렉산드로브나에게 여행길이 힘들지는 않았느냐고, 마중을 나가지 못해 미안하다고 말했다. 그런 후 다시 침묵이 흘렀다. 어색한 침묵을 견디기 어려워 풀헤리야 알렉산드로브나가 먼저 입을 열었다. 마침 큰 화젯거리가 떠올랐던 것이다.

"마르파 페트로브나가 세상을 떠났다는데 알고 계셨나요?"

"물론이지요. 제가 제일 먼저 소식을 들었을 겁니다. 그뿐 아니라 스비드리가일로프가 장례를 마치자마자 이곳 페테르부르크로 떠났다는 소식도 두 분께 전해드리고 싶습니다."

"그 사람이 페테르부르크로요?" 두냐는 불안한 듯 되묻고는 어머니와 눈길을 주고받았다.

"분명 무슨 목적이 있어서 왔을 겁니다. 하지만 크게 염려하실 건 없습니다. 제가 지금 그자가 어디 묵고 있는지 수소문하고 있습니다."

"아아, 나는 그 사람을 두 번밖에 본 적이 없지만 정말 무서운 사람 같았어요. 마르파 페트로브나도 그 사람 때문에 세상을 떠났을 거예요." 풀헤리야 알렉산드로브나가 몸을 떨면서 말했다.

"그건 저도 확실히는 모르겠습니다. 어쨌든 마르파 페트로브나가 그에게 얼마간 유산을 남겨주었을 겁니다. 그자는 이곳에서 전처럼 타락한 생활을 하겠죠. 그자가 얼마나 타락한 생활을 했는지 아십니까? 실은 마르파 페트로브나가 그를 빚에서만 구해준 게 아닙니다. 그자가 연루된 살인 사건을 초기에 무마하고 빼내준 것도 바로 그녀입니다."

"확실히 알고 하시는 말씀인가요?" 두냐가 진지하고도 엄격

제22장

**21**

한 목소리로 물었다.

"죽은 마르파로부터 은밀히 들었습니다. 사실 법률적인 관점에서 보자면 좀 모호한 사건이긴 합니다. 스비드리가일로프와 은밀한 관계를 맺고 있던 어떤 여자의 집에 조카뻘 되는 어린 소녀가 살고 있었습니다. 소녀는 그 여자로부터 무척 학대를 받았습니다. 그러던 차에 그 소녀가 다락에서 목을 매 죽은 채 발견되었습니다. 자살로 판결이 났고 사건은 종결되었습니다. 그런데 나중에 스비드리가일로프가 그 소녀를 능욕했다는 제보가 들어왔습니다. 그러나 마르파의 돈 덕분에 제보는 없었던 일로 무마되었고, 사건은 흐지부지되고 말았습니다. 그뿐이 아닙니다. 아직 농노제가 시행되고 있던 6년 전 일입니다. 아브도치야 로마노브나, 그 집에서 필카라는 하인이 고문 끝에 죽었다는 이야기 들으셨지요?"

"하지만 스스로 목을 매 죽었다고 하던데요."

"맞습니다. 하지만 그가 자살하게 된 건 스비드리가일로프가 끊임없이 매질을 하고 학대했기 때문입니다."

그러자 두냐가 냉랭하게 말했다.

"제가 들은 이야기는 달라요. 그 필카라는 하인은 우울증이 있었고, 책을 좀 읽고 아는 척을 해서 사람들이 철학자라고 놀렸대요. 그가 자살한 건 사람들 조롱 때문이지 스비드리가일로프 씨가 학대했기 때문은 아니라고 했어요. 제가 있을 때도 하인들이 그를 좋아하기까지 했어요."

"아브도치야 로마노브나, 어째 그자 편을 드시는 것 같군요." 루쥔의 말이었다.

그러자 두냐가 고개를 저으며 말했다.

"표트르 페트로비치, 이제 그 사람 이야기는 그만해요."

그때였다. 이제껏 아무 말이 없던 라스콜리니코프가 입을 열었다.

"그 사람 방금 내게 왔다 갔어."

모두들 입에서 비명이 터져 나왔다. 심지어 루쥔마저 흥분한 것 같았다.

"한 시간 반쯤 전에 내가 자고 있는데 들어와 나를 깨우더니 자기소개를 하더군. 굉장히 거리낌 없이 유쾌한 사람이었어. 앞으로 나와 가까워질 거라고도 했고. 어쨌든 두냐, 그 사람이 너를 너무 만나고 싶어 하더라. 네게 제안할 게 있다며…… 나보고 다리를 놔달라는 거야. 무슨 제안인지 내게 말해주었어……. 아 참, 마르파가 죽으면서 네 앞으로 3,000루블의 유산을 남겼다는 이야기도 하더구나. 네가 곧 그 돈을 받게 될 거라면서 말이야……."

"어머나, 그렇게 고마운 일이!" 풀헤리야 알렉산드로브나가
성호를 그으며 외쳤다. "그런데 그 사람이 두네치카에게 무슨
제안을 하겠다는 거니?"

"나중에 말씀드릴게요."

"제가 있어서 거북한 모양이군요." 루쥔이 시계를 들여다보
며 말했다. "그럼 저는 바쁜 일도 있고 해서 이만 물러가보겠습
니다."

"가지 마세요. 저랑 어머니께 긴히 하실 이야기가 있다고 하
셨잖아요."

"하긴 그렇지요. 하지만 제가 예상하지 못했던 사람들이 있
으니……. 이 자리에 없게 해달라고 제가 간곡히 부탁했던 사
람들인데……."

"그건 순전히 제가 고집부려서 그렇게 된 거예요." 두냐가 말
했다. "당신이 오빠에게 모욕을 당했다고 쓰셨죠? 저는 오빠의
해명을 듣고 두 분이 화해하시길 원해요. 오빠가 정말 당신을
모욕했다면 의당 사과를 해야 하고 또 그렇게 만들 거예요."

"아브도치야 로마노브나, 아무리 좋게 생각하려 해도 참아내
기 어려운 모욕이 있는 법입니다. 넘어서는 안 될 선이 있는 법

이고, 만약 그 선을 넘었다면 도저히 돌이킬 수 없습니다."

"제 말을 잘 들어보세요. 우리들의 미래는 사실이 명확하게 밝혀지고 어떻게 해결되느냐에 달려 있어요. 제가 오늘 그 판관 역을 맡겠어요. 당신은 제 약혼자니까 제게 더없이 소중한 사람이에요. 그리고 오빠도 저와 피를 나눈 소중한 사람이에요. 만일 두 분이 화해하지 않는다면 저는 두 분 중 한 명을 선택할 수밖에 없어요. 당신이냐, 오빠냐인 거예요. 저는 정말 선택을 잘해야 해요. 당신을 택하면 오빠와 연을 끊어야 하고 오빠를 택하면 당신과 연을 끊어야 하니까요."

그녀의 말을 들은 루쥔이 불쾌해진 낯빛으로 말했다.

"당신 말은 아주 의미심장하군요. 당신에 대해서 내가 차지하고 있는 위치를 생각한다면 모욕적이기도 합니다. 아니, 나와 저 오만방자한 젊은이를 동렬로 놓고 비교를 하다니……. 게다가 나와의 약속을 깰 수도 있다는 말을 그렇게 쉽게 하다니……. '당신이냐, 오빠냐'라고요? 그 말이 무슨 뜻인지 알고 있습니까? 당신이 그만큼 나를 하찮게 여긴다는 뜻입니다."

그러자 두냐가 발끈해서 말했다.

"아니 뭐라고요? 나는 당신을 내가 이제껏 가장 소중히 여겼던 사람, 내 삶의 전부였던 사람과 똑같이 생각하고 있는데, 내가 당신을 하찮게 여긴다고요?"

라스콜리니코프는 잠자코 매서운 미소만 흘리고 있었고 라주미힌은 자신도 모르게 몸을 떨고 있었다. 루쥔은 그녀의 말을 전혀 받아들이지 않고 설교 조로 이야기를 계속했다.

"살다 보면 미래의 동반자인 남편을 향한 사랑이 오빠에 대한 사랑을 대신 이어받아야 하는 법입니다. 저는 절대로 이 사람과 동렬에 설 수 없습니다. 좋습니다. 내가 어떤 모욕을 받았는지 그에 대해 설명을 하고 해명을 들어야 하겠습니다. 풀헤리야 알렉산드로브나, 제가 미래의 장모님께 이런 말씀을 드린 적이 있지요? 풍족한 환경에서 자란 아가씨보다 이미 인생의 쓴맛을 본 가난한 아가씨와 결혼하는 게 도덕적으로도 낫고, 부부관계를 위해서도 더 좋다, 라고 말입니다. 그게 어디 틀린 말입니까? 그런데 아드님은 내 말뜻을 과장해서 곡해하고, 내게 무슨 나쁜 뜻이라도 있는 양 나를 비난했습니다. 아무리 생각해도 당신이 아드님에게 보낸 편지에서 무슨 암시를 하지 않았나 생각합니다. 풀헤리야 알렉산드로브나, 당신께서 직접 제 오해를 풀어주신다면 그것으로 만족하겠습니다. 자, 편지에서 저에 대해 어떻게 쓰셨습니까?"

풀헤리야 알렉산드로브나는 몹시 당황해서 말했다.

"기억이 나지 않아요. 내가 아는 대로 전했을 뿐이에요. 그걸 로쟈가 어떻게 받아들였는지는…… 어쩌면 저 애가 얼마간 과장했을 수도 있지요……."

"당신이 아무런 암시도 하지 않았다면 과장도 없었겠지요."

그러자 풀헤리야 알렉산드로브나가 품위 있게 말했다.

"이봐요, 우리가 지금 이 자리에 당신과 있다는 사실, 그게 바로 우리가 당신을 나쁜 쪽으로 생각하지 않았다는 증거가 아닌가요?"

"아니, 그렇다면 모두 제 잘못이란 겁니까?" 루쥔이 화를 내며 말했다.

그러자 풀헤리야 알렉산드로브나가 용기를 내어 말했다.

"아니, 표트르 페트로비치 씨, 당신은 계속 로지온을 비난하고만 있는데, 당신도 어제 우리에게 보낸 편지에서 부정확한 말들을 썼잖아요."

"그래요? 나는 정확하게 사실만 쓴 걸로 아는데요."

그러자 라스콜리니코프가 날카로운 목소리로 말했다.

"내가 말하지. 나는 어제 말에 밟혀 죽은 남자의 미망인에게 돈을 주었는데 당신은 그 딸에게 주었다고 썼소. 나와 내 가족 사이를 이간질하려고 그렇게 쓴 거요. 그리고 효과를 더하려고 잘 알지도 못하는 여자의 행실을 덧붙인 거요. 아주 비열한 중상(中傷)이요."

루쥔이 몸을 부르르 떨면서 말했다.

"내가 중상을 했다고? 당신 어머니와 동생 부탁 때문에 당신 행실에 대해 자세히 쓴 것뿐인데……. 아니, 내가 편지에서 지적한 내용에서 단 한 줄이라도 틀린 게 있으면 어디 찾아보시지……. 당신이 돈을 낭비하지 않았다는 거요? 당신이 도와준 사람들이 불쌍한 처지에 놓인 건 사실이지만, 그 가족 중에 부도덕한 사람이 없다는 거요?"

"흥, 내 생각엔 당신이 지닌 장점들을 다 끌어모아도 당신이 돌을 던지는 그 처녀의 새끼손가락만도 못할걸!"

"그러니까 당신은 그 여자를 당신 어머니나 누이 곁에 앉게 할 생각도 할 수 있다는 말입니까?"

"그게 알고 싶어요? 말해주지요. 벌써 그렇게 했습니다. 오늘 그 아가씨를 어머니와 누이 곁에 나란히 앉혔어요."

루쥔은 화가 나서 얼굴을 붉히며 의자에서 일어나 모자를 집어 들고 말했다.

"봤지요, 아브도치야 로마노브나! 자, 이런 마당에 어디 타협의 여지가 있다고 봅니까? 이제 모든 게 다 끝났습니다. 저는 이만 물러가지요. 하지만 물러가기 전에 한마디 하겠습니다. 앞으로 이런 식의 만남이나 타협은 사양하도록 하겠습니다. 특히 풀헤리야 알렉산드로브나, 당신께 신신당부를 드리는 바입니다. 내 편지는 다른 사람이 아니라 바로 당신에게 보낸 것이니까요."

그의 말을 듣고 풀헤리야 알렉산드로브나는 은근히 모욕을 느꼈다.

"아니, 벌써 우리들을 당신 마음대로 할 수 있다고 생각해요? 당신은 마치 명령이라도 하듯이 내게 편지를 썼어요. 당신이 원하는 걸 우리가 모두 명령으로 받아들여야 하나요? 거꾸로 당신은 우리에게 너그럽고 친절해야 하지 않나요? 당신 하나 믿고 여기까지 온 우리들인데……. 그렇지 않아도 당신 손아귀에 놓여 있는 우리들인데……."

"뭐 꼭 그렇다고 볼 수도 없지요. 더욱이 마르파 페트로브나가 유산으로 3,000루블을 남겼다는 사실을 알게 된 지금으로서는……. 어쩐지 나를 대하는 말투도 달라지신 것 같군요."

두냐가 발끈해서 말했다.

"그런 말씀 하시는 걸 보니, 우리의 불행한 처지를 염두에 두었다는 말처럼 들리는군요!"

제22장

**29**

"어쨌든 현재로서는 그런 건 염두에 두고 있지 않습니다. 그리고 스비드리가일로프가 무슨 비밀처럼 제안한 내용을 당신에게 전달하는 데 방해가 되고 싶지 않습니다. 보아하니 당신에게 아주 중요하고 당신 마음에 쏙 들 제안인 것 같군요."

"어서 나가줘요!" 수치심과 분노에 얼굴이 새빨개진 두냐가 소리쳤다. 루쥔으로서는 전혀 예상치 못했던 결말이었다. 그는 자기 자신에 대해, 자신이 지닌 힘에 대해, 무엇보다 자신의 희생자들이 무력하다는 사실에 대해 너무 자신이 있었다. 그의 얼굴이 파랗게 질렸고 입술이 달달 떨렸다.

"아브도치야 로마노브나, 이런 식으로 작별하고 문을 나선다면…… 그땐…… 단단히 각오하세요……. 난 절대 안 돌아옵니다. 잘 생각해요. 나는 내가 한 말은 지키는 사람입니다."

"정말 뻔뻔스럽군!" 자리에서 벌떡 일어나며 두냐가 외쳤다. "그래요, 나도 당신이 돌아오는 걸 원치 않아요!"

이런 결말을 전혀 예상하지 못했던 루쥔은 거의 정신이 나갈 지경이었다. 그는 흥분해서 외치듯 말했다.

"아하, 그렇군! 그런 식의 약속으로 나를 묶어놓더니 이제 와서 마음대로 깨버린다……. 결국…… 나는 돈만 쓰라고 끌어들인 거라 이거군!"

이 마지막 불평에서 루쥔은 자신의 성품을 있는 그대로 드러내고 말았다. 이제껏 분노를 억지로 참고 있던 라스콜리니코프는 웃음을 터뜨렸고, 풀헤리야 알렉산드로브나는 완전히 냉정을 잃었다.

"가요, 썩 나가요! 당신 같은 사람에게는 내 딸을 줄 수 없어! 맙소사! 우리가 자기를 묶어놓았대! 이봐요, 정신 차려요! 우리가 당신을 묶은 게 아니라 당신이 우리 손발을 묶어놓은 거예요! 돈? 아니, 당신이 쓴 돈이 있었던가? 어서 우리 눈앞에서 사라져요!"

그러자 완전히 이성을 잃은 루쥔이 말했다.

"갑니다. 하지만 한마디만 더 하지요. 아브도치야 로마노브나, 나는 당신에 관한 나쁜 소문이 자자했는데도 당신을 받아들이려 했소. 소문과 평판에도 불구하고 당신을 받아들여 당신의 명예를 회복시켜 주었으니 당신에게 보답을 요구할 수도 있었을 것이고 당신에게 감사를 요구할 수도 있었을 거요……. 그런데 이제야 눈을 떴어요……. 세상 사람들 목소리를 무시하는 게 얼마나 경솔한 행동인지를 이제야 똑똑히 알게……."

"이 자식이 대갈통이 두 개 있다고 믿고 있나!" 라주미힌이 의자에서 벌떡 일어나더니 한 대 칠 기세로 소리를 질렀다. 그

런 라주미힌을 라스콜리니코프가 말렸다. 루쥔은 밖으로 나가
계단을 내려갔다.

# 제23장

　사실 루쥔은 최후의 순간까지도 이런 결말은 꿈에도 생각하지 않았다. 가난하고 의지할 데 없는 두 여인이 자신의 손아귀에서 벗어날 수 있으리라고는 생각할 수 없었기에 막바지에 이르기까지 자신감을 잃지 않고 있었다. 아무것도 없는 처지에서 혼자 힘으로 성공을 거둔 그는 돈의 위력을 확신하고 있었다.

　사실 그는 거짓말을 한 것이 아니었다. 그가 마지막으로 뱉은 말만 해도 그랬다. 그는 두냐에 대한 소문을 믿지 않고 있었다. 하지만 그는 그런 소문에도 불구하고 그녀를 자기와 동렬로 끌어올려준 자신의 영웅적 결단을 스스로 높이 평가했다. 방금 두냐에게 그 말을 한 것도 남몰래 소중히 간직해온 그 보물 같은 생각을 입 밖에 낸 것이었다. 그는 다른 사람들이 자신의 그 영웅적 행동에 왜 감탄하지 않는지 도무지 이해할 수가 없었다. 그가 라스콜리니코프의 집을 방문했을 때도 은인으로서 치하를 들을 준비를 하고 찾아간 것이었다. 그러니 그가 계단을 내려가면서 이루 말할 수 없는 모욕감에 치를 떨었던 것도 무리는 아니었다. 그의 눈에 두 여자의 행동은 배은망덕 그 자체였다.

두냐는 그에게 없어서는 안 될 존재였다. 그는 오래전부터 결혼을 꿈꾸어왔으나 계속 저축하며 때를 기다렸다. 그가 품고 있는 바람직한 아내의 상이 까다롭기 때문이었다. 그의 아내가 될 여자는 품행이 단정하고 반드시 가난해야만 했다. 매우 젊고 아름다워야 했으며 집안도 좋고 교양도 있어야 했다. 게다가 불행한 일을 겪은 여자면 금상첨화였다. 그런 여자라야 평생 그의 앞에 납작 엎드려 자신을 떠받들리라는 것이 그의 생각이었다.

그런데 그 조건에 딱 맞는 여자가 나타났다. 바로 아브도치야 로마노브나였다. 게다가 그녀는 자신이 꿈꾸어오던 것 이상을 갖추고 있었다. 자존심이 높았고 개성이 있는 데다 교양과 지성도 자신보다 훨씬 윗길이었다. 집안에서는 군림하는 자신 앞에 무릎을 꿇을 여자, 밖에서는 교양과 기품으로 자신의 출세를 도와줄 여자! 세상에 이렇게 이상적인 여자가 어디 있단 말인가!

그런데 이 무슨 날벼락이! 아니다! 이대로 물러설 수 없다. 모든 원인은 그 애송이 오라비에게 있다. 무슨 수를 쓰건 녀석을 꼼짝 못 하게 짓눌러버려야 한다. 그것도 내일 당장! 그런데 이상하게 갑자기 라주미힌의 얼굴이 그에게 떠올랐다. 하지만 곧 마음을 진정시켰다. '내가 무슨 생각을 하는 거야? 그런 녀석이 나와 어깨를 견주리라고 생각하다니……' 하지만 그에게 진정으로 걱정스러운 존재가 한 명 있었다. 바로 스비드리가일로프였다……. 한마디로 눈앞에 성가신 일들이 겹겹이 놓여 있었다.


"아녜요, 제가 제일 잘못했어요." 두냐가 어머니를 껴안으며 말했다. "그의 돈이 탐났던 거예요. 하지만 오빠, 난 그가 그렇게 형편없는 사람일 줄은 정말 꿈에도 생각 못 했어요. 그가 어떤 사람인지 진작 알았더라면 이런 식으로 끌려 들어가진 않았을 거예요. 오빠, 날 너무 책망하지 말아요."

어머니도 "하느님이 구해주신 거야, 하느님이"라고 중얼거렸다. 모두들 기뻐했다. 그러나 그중에서도 가장 기쁜 것은 라주미힌이었다. 하지만 그는 드러내놓고 기뻐할 수는 없었다. 그는 마치 열병에 걸린 환자처럼 부들부들 떨고 있을 뿐이었다. 아아, 이제 이 두 여인을 위해 혼신의 힘을 다할 명분이 생긴 것이다! 그리고 앞으로 무슨 일이 생길지 누가 알겠는가!

모두들 그렇게 기뻐하고 있었지만 정작 루쥔을 몰아내는 데 앞장섰던 라스콜리니코프는, 마치 그 일에 관심도 없는 듯 침울한 모습으로 멍하니 앉아 있었다. 두냐는 오빠가 아직도 자신에게 화가 나 있는 것이라고 생각하고 상냥하게 물었다.

"오빠, 스비드리가일로프가 오빠에게 뭐라고 했어요?"

"그 사람이 네게 1만 루블을 선물로 주겠단다. 그러면서 나와 함께 너를 꼭 한번 만나고 싶단다." 라스콜리니코프가 고개를 들며 말했다.

"두냐를 보겠다고? 절대 안 돼!" 풀헤리야 알렉산드로브나가 외쳤다. "아니, 어떻게 감히 돈을 주겠다는 거야!"

라스콜리니코프는 그와 나눈 이야기를 천천히 해주었다.

"오빠는 뭐라고 대답했어요?"

"나? 네게 아무 말도 전하지 않겠다고 했지. 그랬더니 자기가 직접 나서겠다고 하더군. 자기가 무슨 열정의 희생자였다는 둥, 지금은 네게 아무런 감정도 느끼지 않는다는 둥, 네가 루쥔과 결혼하는 걸 원치 않는다는 둥, 횡설수설하더라……. 아무튼 네게 그 많은 돈을 주려 한다는 건 무슨 목적이 있어서겠지……. 하지만 이상한 것도 사실이야. 무슨 흑심을 품고 있다면 그런 식으로 나올까 하는 생각이 들거든……."

둘 사이의 대화는 더 이상 이어지지 않았다. 대신 라주미힌과 두 여인 사이에 활기 넘치는 대화가 이어졌다. 라스콜리니코프는 화제에 끼어들지는 않았지만 열심히 귀를 기울이고는 있었다.

모녀가 다시 시골로 돌아가겠다는 뜻을 비치자 라주미힌이 열을 내서 말했다.

"아니, 시골로 돌아가셔서 뭘 하시려고요? 로쟈도 원치 않을 거예요. 그러지 말고 저랑 사업을 하시는 게 어때요? 제게 1,000루블의 현금을 가진 숙부님이 계세요. 연금으로 넉넉하게 생활하시기 때문에 꼭 필요한 돈이 아니지요. 숙부님은 제게 그 돈을 갖다 쓰고 이자만 내라고 하십니다. 그건 핑계일 뿐 저를 도와주고 싶으신 겁니다. 저는 작년까지만 해도 돈이 필요 없었는데 이제 필요해졌습니다. 두 분도 3,000루블 중에서 1,000루블만 투자하는 겁니다."

이어서 그는 장황하게 그의 사업 계획을 설명했다. 해외 이

제23장

**37**

론서를 번역 출판하는 출판 사업이었다. 그는 모든 잡다한 일은 자신이 다 하고 번역은 라스콜리니코프와 자신이 맡아서 하면 틀림없이 성공할 수 있다고 말했다. 옆에서 듣고 있던 라스콜리니코프가 아주 좋은 생각이다, 틀림없이 대여섯 권의 책은 성공할 수 있을 것이다, 라주미힌은 사업 수완이 있다, 라고 거들었다.

두냐가 좋은 일일 것 같다고 맞장구치자 라주미힌이 힘주어 말했다.

"좋습니다! 자, 이제 두 분의 숙소를 정해야지요. 이 집에 같은 주인이 소유한 셋집이 있습니다. 여관과는 별도 건물입니다. 가구도 딸려 있고 세도 싼 데다가, 작지만 방도 세 개나 됩니다. 그걸 빌리면 세 분이 함께 사실 수 있을 겁니다. 제가 내일 당신의 그 금시계를 저당 잡혀서 돈을 마련해 오겠습니다. 자, 로쟈, 자네도 이제 두 분과 함께 사는 거야. 가족이 함께……. 아니, 로쟈, 어디 가는 거야?"

다들 의아한 눈으로 라스콜리니코프를 쳐다보았다. 그의 손에는 모자가 들려 있었다.

"아니, 왜들 그런 눈으로 보는 거야? 꼭 죽으러 가는 사람을 보고 있는 것 같네."

"얘야, 어딜 가니?"

"오빠, 어디 가는 건데?"

"꼭 가볼 데가 있어. 사실은…… 이리 오면서 생각해둔 게 있습니다……. 어머니, 그리고 두냐……. 우린 당분간 헤어져 있는 게 낫겠어요……. 때가 되면 오겠습니다……. 나를 그냥 내버려두세요……. 나는 혼자 있고 싶어요……. 나를 잊어주세요……."

그의 말을 듣고 모두들 오싹할 수밖에 없었다. 라스콜리니코프는 느릿느릿 문을 향해 걸어갔다. 그러자 두냐가 날카롭게 외쳤다. 분노로 두 눈이 이글거리고 있었다.

"오빠! 엄마는 어떻게 할 거야!"

그는 괴로운 눈으로 동생을 쳐다보았다.

"아냐, 내가 그냥 헛소리한 거야. 자주 올 거야."

그가 밖으로 나가자 라주미힌이 따라서 달려나갔다. 그를 보자 라스콜리니코프가 말했다.

"자네가 따라 나올 줄 알고 있었어……. 두 사람에게 돌아가서 함께 있어줘……. 영원히 함께 있어줘……. 나는…… 또 올지도 몰라……. 그럴 수만 있다면……."

"어디로 가는 거야? 무슨 일인데?"

"마지막으로 하는 말인데, 내게 더 이상 아무것도 묻지 마…… 해줄 말이 없어…… 내 집에도 오지 마…… 날 그냥 내버려 둬…… 하지만 어머니와 누이는…… 내버려두지 마. 알았지?"

라주미힌은 라스콜리니코프의 날카로운 시선에서 오싹하는 전율을 느꼈다. 무언가 이상한 것이 그들 사이에 지나간 것 같았다……. 한 가지 생각이 스치듯 지나갔다. 뭔가 미묘하고 무시무시하면서 추악한 그 무엇……. 두 사람이 동시에 깨달은 그 무엇……. 라주미힌은 죽은 사람처럼 창백해졌다.

그날 밤 라주미힌이 두 여자를 어떻게 진정시켰는지 자세히 이야기하지는 않으련다……. 한마디로 그날 밤 라주미힌은 그 두 여자에게 아들이 되었고, 오빠가 되었다.

# 제24장

　라스콜리니코프는 그 길로 운하 둑 위에 있는 소냐의 거처로 찾아갔다. 녹색의 벽으로 된 4층짜리 낡은 집이었다. 그는 관리인을 찾아서 재봉사의 집을 대충 알아냈다. 그는 뒷마당 구석에서 낡은 계단을 찾아내어 2층으로 올랐다. 그가 2층 복도에서 재봉사의 집이 어디인가 두리번거리고 있을 때 세 걸음 정도 떨어진 곳의 문이 열렸다. 그는 무심코 그 문의 문손잡이를 잡았다.

　"거기 누구세요?" 불안한 듯한 여자의 목소리였다.

　"접니다……. 당신을 찾아왔습니다." 라스콜리니코프는 대답과 함께 아주 좁은 현관으로 들어갔다.

　"어머나, 당신!" 소냐는 가냘프게 외치고는 그 자리에 못 박

제24장

**41**

힌 듯 서버렸다. 라스콜리니코프는 애써 그녀를 외면하며 급히 안으로 들어갔다. 소냐도 그의 뒤를 따라 들어오더니 어쩔 줄 모르고 서 있었다. 그녀는 그의 갑작스런 방문에 당황했다. 갑자기 그녀의 얼굴이 발갛게 물들었고 두 눈에는 눈물이 핑 돌았다. 그녀는 부끄러웠고, 혼란스러웠으며, 한편으로는 기쁘기도 했다. 라스콜리니코프는 한쪽 구석에 있는 탁자 앞 의자에 앉아, 잠시 방 안을 둘러보았다.

방은 큰 편이었지만 천장은 몹시 낮았다. 재봉사가 유일하게 세를 놓고 있는 방이었다. 왼쪽 벽에는 주인집으로 통하는 문이 잠긴 채 있었다.

소냐의 방은 흡사 광 같았다. 기형적으로 심하게 뒤틀린 네모꼴 모양이었다. 그리고 큰 방에 가구라고는 거의 없었다. 탁자와 의자 두 개, 크지 않은 장롱이 전부였다. 벽에는 커튼조차 없었다. 한마디로 가난에 찌든 방이었다.

소냐는 방 안을 주의 깊게 돌아보는 라스콜리니코프를 잠자코 바라보며 몸을 떨고만 있었다. 이윽고 라스콜리니코프가 입을 열었다. 여전히 그녀를 외면한 채였다.

"너무 늦게 찾아와서……. 11시가 넘었지요?"

소냐는 허둥대듯 대답했다.

"네, 그럴 거예요. 주인집 시계가 울리는 소리를 들었어요."

"제가 오는 것도 오늘이 마지막일 겁니다." 라스콜리니코프는 이 집에 처음 와보았으면서도, 침울한 목소리로 말했다. "저를 더 이상 볼 수 없을 겁니다."

"여행을…… 가시나요?"

"모르겠습니다……. 내일……."

"그럼 내일 어머니에게도 못 가세요?"

"모르겠습니다……. 모든 것은 내일 아침에 결정이……. 문제는 그게 아니라…… 내가 당신에게 한마디 할 말이 좀 있어서……."

마침내 그가 그녀에게 눈길을 돌렸다. 그녀는 여전히 서 있었다.

"왜 그렇게 서 있어요? 어서 앉아요."

그녀가 자리에 앉았다. 라스콜리니코프가 불쑥 말했다.

"당신 아버지께 당신 이야기를 다 들었어요. 카체리나 이바노브나가 당신에게 손찌검을 한다는 이야기도……."

소냐는 소스라치듯 그의 얼굴을 바라보며 말했다.

"어머나, 무슨 말씀이세요! 절대 아니에요!"

"그렇다면 당신은 그녀를 사랑하나요?"

제24장

**43**

"그럼요." 소냐는 두 손을 맞잡으며 뭔가 괴로운 듯 말을 길게 끌었다. "당신이…… 당신이 그분을 아신다면……. 어머니는 정말 어린아이 같아요……. 몸이 아파서……. 정신이 좀 흔들리는 것뿐이에요……. 전에는 얼마나 올바르고…… 너그럽고…… 얼마나 착한 분이셨는데……. 당신은…… 당신은 아무것도 몰라요……."

그녀의 얼굴에는 동정심이 철철 넘쳐흐르고 있었다.

"나를 때렸다고요……? 어떻게 그런 말을……. 설사 때렸다고 해도 그게 어떻다는 거지요? 당신은 아무것도 몰라요……. 그분은 정말로 불행한…… 너무나 불행한 분이에요……. 병도 들었고요……. 어머니는 정의를 원하시고……. 그분은 아무리 괴로운 일을 당해도 부당한 일을 하실 분이 아니에요……. 세상에 왜 이렇게 부당한 일이 많이 일어나는지 괴로워서 화를 내시는 거예요……. 어린아이 같은 분이에요! 어린아이 같은!"

라스콜리니코프가 약간은 냉정하게 말했다.

"그래, 앞으로 어떡할 겁니까? 당신이 모든 것을 떠맡을 수 있어요? 그녀는 폐병을 앓고 있어요. 곧 죽을 겁니다. 그런 다음에 아이들은? 아이들을 어떻게 할 거지요? 당신이 맡을 수 있어요?"

"아아, 모르겠어요. 정말 모르겠어요." 소냐는 절망적으로 외치며 머리를 감쌌다. 이미 수도 없이 그녀에게 들었던 생각이었을 것이다.

라스콜리니코프는 한술 더 떴다.

"만일 그녀가 죽지 않고 입원하면 어떻게 할 거지요? 언젠가 그 집에서 쫓겨나 온 식구가 거리로 나서게 되면 어쩔 거지요? 그녀는 기침을 하며 구걸하고…… 그러다 경찰서로 잡혀가고…… 병원에서 죽겠지요……. 그리고 아이들은……."

"아니에요! 그런 일은…… 그런 일은…… 하느님이 원치 않으실 거예요!"

"그럴까요? 결국 어린 폴렌카도 당신과 똑같은 길을 걷게 될 텐데……."

그러자 소냐는 마치 누가 자신을 칼로 찌르기라도 한 것처럼 큰 소리로 외쳤다.

"아니에요! 절대로 아니에요! 하느님이 그런 무서운 일은 절대 허락하지 않으실 거예요!"

"벌써 비슷한 일들을 다 허락하고 계신데?"

"아니, 아니에요. 하느님이 그 애를 지켜주실 거예요. 하느님께서……." 그녀는 정신없이 되뇌었다.

"하지만 하느님은 안 계신지도 모르지요." 라스콜리니코프는 악의라도 품은 듯 말했다. 그는 웃음을 터뜨리면서 소냐를 주의 깊게 바라보았다.

소냐는 얼굴에 경련을 일으키더니 그를 비난하듯 바라보았다. 그런 후 아무 말도 하지 못한 채 두 손으로 얼굴을 가리고 흐느끼기 시작했다.

라스콜리니코프가 잠시 말이 없다가 다시 입을 열었다.

"당신, 카체리나 이바노브나가 불행 때문에 정신이 흔들렸다고 말했지요? 하지만 당신 정신도 흔들리고 있는 것 같군요."

5분가량이 지나갔다. 라스콜리니코프는 말없이 방 안을 이리저리 서성였다. 마침내 그가 그녀 앞으로 다가갔다. 그의 두 눈은 이글거리고 있었다. 그는 두 손으로 그녀의 어깨를 붙잡고 울고 있는 그녀의 얼굴을 똑바로 바라보았다. 시선은 냉정하고 날카롭게 불타오르고 있었지만 입술은 바들바들 떨리고 있었다.

그는 갑자기 몸을 굽혀 바닥에 엎드리더니 그녀의 발에 입을 맞추었다. 소냐는 소스라치게 놀라면서 마치 미치광이를 피하듯 그에게서 물러났다. 사실상 그녀를 바라보고 있는 그의 모습은 거의 미치광이 같았다.

"이게 무슨 짓이에요? 저 같은 사람 앞에서……." 파랗게 질린 그녀가 목을 움츠리며 중얼거리듯 말했다.

그는 곧바로 일어서며 말했다.

"나는 당신 앞에 절을 한 게 아니야. 나는 인류 전체의 고통 앞에서 절을 한 거야. 아까 나는 어떤 무례한 놈에게 당신 새끼손가락만도 못한 놈이라고 말해줬어."

"무슨 말씀을……. 저는…… 저는 수치스러운 여자예요……. 전 크나큰 죄인이에요."

"당신의 수치나 죄를 생각하고 한 말이 아니야. 당신이 겪고 있는 위대한 고통 때문에 한 말이야. 그래, 당신이 죄인인 것도 사실이지." 그의 목소리는 거의 엄숙하기까지 했다. "그래, 당신은 죄인이야. 당신을 희생하고 당신을 헛되이 넘겨버렸기 때문이야. 그게 바로 무서운 일이야. 정말로 무서운 건, 당신이 당신도 증오하는 이런 시궁창 속에서 살고 있다는 사실이야! 그래봤자 아무도 도울 수 없고, 아무도 구해줄 수 없는 걸 뻔히 알면서도! 어서 말해봐!"

그는 거의 정신이 나간 듯 외쳤다.

"말해봐! 이런 치욕과 천한 일이 어떻게 그와는 반대되는 성스러운 감정들과 당신 안에서 함께 존재할 수 있는 거지? 물속에 거꾸로 뛰어들어 단번에 끝장내는 게 옳은 거 아니야?"

"그럼 남은 아이들은 어떻게 되라고요?" 소냐가 그에게 애절한 눈초리로 힘없이 물었다. 하지만 그의 질문에 놀라는 기색은 없었다. 오히려 라스콜리니코프가 이상하다는 듯 그녀를 쳐다보았다.

그는 그녀의 눈빛을 보고 단번에 모든 것을 알아차렸다. 그렇다. 이미 그녀에게는 그런 생각이 깃들어 있었던 것이다. 그는 의아했다. 그렇다면 도대체 그 무엇이 모든 것을 단번에 끝내버리겠다는 생각을 저지해왔단 말인가? 무엇이 그녀를 지탱할 수 있게 만든 것일까?

그는 생각했다.

'그녀 앞에는 세 가지 길밖에 없다. 물에 뛰어들거나, 정신병원에 들어가거나, 아니면 악의 길에 그냥 빠져버리는 길……'

마지막 길은 그가 가장 혐오스럽게 생각하는 길이었다. 그러나 그는 회의적이었고 젊었으며 추상적이었다. 따라서 잔인할 수도 있었고, 그렇기에 이 악에 스스로 몸을 던지는 이 마지막 길이 가장 그럴듯하다고 생각했다.

하지만 그는 곧 그 생각을 부정했다.

'아직 순수한 마음을 가진 그녀가 스스로 그 악취 나는 시궁

창에 의식적으로 빠져들 수 있겠는가? 아니다! 그녀가 물에 뛰어들지 않는 것은 바로 그들에 대한 죄의식 때문이다. 그런 그녀가 악덕으로 뛰어들 리 없다. 그렇다면? 그렇다면 그녀는 미친 걸까? 내가 도저히 이해할 수 없는 그녀의 행동들은 그녀가 미치기 시작했다는 증거가 아닐까?'

그는 그 결론이 그럴듯해 보였다. 그가 그녀를 바라보며 물었다.

"소냐, 하느님께 자주 기도해?"

"하느님께서 안 계시면 저는 어떻게 되겠어요?" 그녀가 눈을 빛내며 그의 손을 꼭 쥐었다.

"하느님께서 당신에게 무얼 해주시는데?" 그가 계속 짓궂게 물었다.

그녀는 갑자기 화가 난 듯 준엄하게 말했다.

"아무 말 마세요. 당신에게는 그런 걸 물어볼 권리가 없어요. 하느님은 모든 걸 다 해주세요."

'그래, 바로 그거야! 바로 그거! 이게 바로 정답이야.' 그는 속으로 되뇌었다.

그가 눈길을 들어보니 서랍장 위에 책이 한 권 놓여 있었다. 그는 그쪽으로 가서 그 책을 집어 들었다. 낡은 러시아어판 신

제24장

**49**

약성서였다.

"이거 어디서 났어?"

"누가 갖다주었어요."

"누가?"

"리자베타가요."

그녀의 입에서 리자베타의 이름이 나오자 그는 깜짝 놀랐다.

"그 여자를 알아?"

"네, 그녀에게서 헌 옷을 가끔 샀어요. 아주 친했어요. 정말 착한 사람이었는데……. 책도 함께 읽곤 했어요. 내일 추도식에 가요……. 그런 분이 도끼에 맞아 죽다니……."

라스콜리니코프는 정말 이상한 우연이라고, 소냐에 관한 모든 것이 기묘할 뿐이라고 잠시 생각했다. 그는 왠지 그녀에게 성서를 읽어달라고 하고 싶었다. 그는 성서를 그녀에게 건네주며 '나사로의 부활'을 읽어달라고 했다. 소냐는 망설이다가 라스콜리니코프가 거의 고집부리듯 재촉하자 망설이며 읽기 시작했다. 그녀에게는 왠지 바로 지금 그에게 성서를 읽어주고 싶다는 간절한 욕망이 생긴 것 같기도 했다. 그녀는 요한복음 11장을 읽어 내려갔다.

라스콜리니코프는 흥분해서 그녀가 책 읽는 모습을 보고 있었다. 그녀는 마치 열병에라도 걸린 듯 온몸을 부들부들 떨고 있었다. 더없이 위대한 기적의 이야기를 읽으면서 위대한 승리 감이 그녀를 사로잡고 있었다. 그녀의 목소리가 맑고 낭랑하게 울리기 시작했다. 그 목소리에는 승리와 환희가 담겨 있었다. 그녀는 마치 그 모든 장면을 자신의 눈앞에서 목격하는 듯 느꼈다.

예수께서 다시 속이 북받치시어 무덤으로 가셨다. 무덤이 동굴이라 돌로 막혀 있었다. 예수께서 가라사대 돌을 치우라 하시니 그 죽은 자의 누이 마르다가 이르길 "주여, 죽은 지 나흘이나 되어 벌써 냄새가 납니다" 하였다. 예수께서 마르다에게 말씀하셨다. "네가 믿으면 하느님의 영광을 보리라 하지 않았느냐?" 마르다가 돌을 옮겨 놓으니 예수께서 눈을 들어 우러러보며 말씀하셨다. "아버지여, 제 말을 들어주신 것을 감사히 여기나이다. 아버지께서는 언제나 제 말을 들어주시는 것을 저는 알고 있사옵니다. 그러나 이렇게 말씀을 드리는 것은 여기 둘러선 군중들이 아버지께서 저를 보내셨음을 알게 하기 위함이옵니다." 예수께서는 이 말씀과 함께 "나사로야 나오

너라"라고 부르시니 죽은 자가 손과 발을 천으로 묶이고
얼굴은 수건으로 감싸인 채 나왔다. 예수께서 사람들에
게 "그를 풀어주어라. 걸어가게 하라"라고 말씀하셨다.
마리아에게 갔다가 예수님께서 하신 일을 본 많은 유태
인들이 예수님을 믿게 되었다.


그녀는 더 이상 읽지 않았다. 아니, 더 이상 읽을 수도 없었
을 것이다. 그녀는 책을 덮고 자리에서 발딱 일어났다.

"나사로의 부활 이야기는 이게 다예요." 열병과도 같은 전율
은 여전히 계속되고 있었다. 5분 혹은 그 이상이 지나갔다.

라스콜리니코프가 갑자기 침묵을 깨고 말했다.

"내가 당신에게 할 말이 있어서 온 거야."

그는 소냐 곁으로 갔다. 소냐는 말없이 고개를 들어 그를 바
라보았다.

"오늘 나는 가족을 버렸어. 어머니와 누이동생을⋯⋯. 모든
인연을 다 끊었어."

"왜요?" 소냐가 아연실색하며 물었다.

그는 그녀의 질문에는 대답도 하지 않고 말했다.

"이제 내게 남은 건 당신뿐이야. 함께 가자⋯⋯. 나는 바로

당신에게 온 거야……. 우리 둘은 모두 저주받았어……. 그러니 함께 가야 해!"

그의 눈이 번득이고 있었다. '미친 사람 같아'라고 이번에는 소녀가 생각했다.

"어디로 가요?" 그녀가 물으며 뒤로 한 발 물러섰다.

"내가 어떻게 알아? 나는 다만 우리 둘이 같은 길을 가야 한다는 걸 알 뿐이야. 갑자기 깨달았고, 그게 전부야. 우리는 같은 곳을 향해 가는 거야!"

그녀는 이해할 수 없다는 듯 그를 쳐다보았다. 다만 그가 무서울 정도로 한없이 불행하다는 것만 깨달았을 뿐이었다.

"당신이 그들에게 무슨 말을 하더라도, 아무도, 그들 중 아무도 당신을 이해할 수 없어. 하지만, 나…… 나는 이해했어……. 나에게는 당신이 필요해……. 내가 당신에게 온 것은 그 때문이야."

"무슨 말인지 모르겠어요." 소녀가 중얼거렸다.

"나중에 이해하게 될 거야. 당신도 같은 짓을 하지 않았어? 당신도 이미 벽을 넘어섰어……. 그래, 벽을 넘어설 수 있었던 거야……. 당신은 당신을 죽였어……. 당신은 생명을 잃은 거야……. 자기 생명을……. 당신은 혼자야……. 하지만 계속 그

제24장

**53**

렇게 혼자 있다가는 결국 나처럼 미치고 말 거야. 당신은 이미 미친 거나 다름없어. 그러니 우린 함께 갈 수밖에 없어. 자, 함께 가자!"

"대체 어떻게 하자는 거예요?"

"어떻게 하느냐고? 간단해. 단번에 벽을 허물어버리는 거야! 그뿐이야. 그리고 자신의 고통을 자신이 짊어지는 거야. 무슨 말인지 모르겠다고? 나중에 다 알게 될 거야. 자유와 권력……. 특히 권력! 떨고 있는 피조물들에 대한 권력! 모든 개미떼 무리들에 대한 권력! 그게 목적이야……. 이게 내가 당신에게 해줄 수 있는 마지막 송별사야. 어쩌면 이게 당신과 나누는 마지막 이야기인지도 모르니까……. 내일 내가 오지 않으면 다른 사람에게 모든 걸 듣게 되겠지. 그러면 지금 내가 한 말을 떠올려줘. 나중에 다 이해할 수 있을 거야. 그러나 내일 내가 다시 오게 되면 누가 리자베타를 죽였는지 말해주겠어. 그럼 안녕."

"누가 죽였는지 정말 알고 계신 거예요?" 소냐가 몸을 부르르 떨면서 물었다.

"알고 있으니 가르쳐주겠다는 거지. 그리고 그걸 말해줄 상대로 나는 당신을 택한 거야. 그럼 안녕."

그 말과 함께 그는 밖으로 나갔다. 소냐는 정신이 나간 사람 같았다. 그녀는 고열과 악몽에 시달리며 그날 밤을 보냈다.

그날 그들은 자신들의 대화를 누군가 들었으리라고는 꿈에도 생각하지 않았다. 그러나 그들의 대화를 낱낱이 들은 사람이 있었다. 소냐의 방 옆에, 옆집 주인이 세를 주려고 내놓은 빈방이 있었다. 그리고 그 빈방 옆에 바로 스비드리가일로프의 방이 있었다. 스비드리가일로프가 그 빈방 문 옆에서 숨을 죽인 채 그들의 대화에 귀를 기울이고 있었던 것이다. 라스콜리니코프가 나가자 그는 살금살금 자기 방으로 돌아갔다. 그는 두 사람의 대화가 아주 흥미로웠다. 그는 내일은 좀 더 편하게 대화를 들어야겠다고 생각하고 소냐의 방과 통하는 그 빈방 문 앞에 의자를 하나 갖다 놓았다.

# 제25장

다음 날 아침 11시 정각에 라스콜리니코프는 구역 경찰서 예심부로 가서 포르피리 페트로비치에게 자신의 출두 사실을 알렸다. 그런데 그는 놀랐다. 포르피리가 자신을 10분 이상 기다리게 했던 것이다. 그는 그들이 대번에 자신에게 달려들 것으로 생각하고 있었다. 하지만 모두 자신에게 무심한 것 같았다. 당장 자신이 밖으로 뛰쳐나가더라도 아무도 상관할 사람이 없어 보였다.

'만일 어제 갑자기 나타났던 그 수수께끼 같은 사내가 정말 모든 것을 보았고 모든 것을 알고 있다면 과연 자신을 이렇게 편하게 서서 기다리도록 내버려둘 것인가? 그렇다면 그자가 아직 아무것도 밀고하지 않았단 말인가? ……혹은 그자가 실제로 본 것은 아무것도 없는 것이 아닐까?(그렇다! 그자가 도대체 어떻게 볼 수 있었단 말인가?) 혹은 내가 병적인 상태에 빠져 무슨 환영을 본 것은 아닐까?'

이런저런 생각에 그의 마음은 떨릴 수밖에 없었다. 그러나 그는 곧 떨리는 마음을 억지로 다잡았다. 그는 포르피리를 증오하고 있었고, 증오하는 사내 앞에서 떨리는 모습을 보이고 싶지 않았다.

잠시 후 그는 포르피리 앞으로 불려갔다. 포르피리는 자기 사무실에 혼자 앉아 있었다. 벽 한구석에 자물쇠로 채워둔 문이 라스콜리니코프의 눈에 띄었다. 그 문 안에 방이 하나 더 있는 것이 틀림없었다.

포르피리는 그를 과장될 정도로 반갑게 맞았다. 그는 두 손을 내밀며 입을 열었다.

"아니, 이런 영광이······. 선생이······ 이런 곳엘 다······. 자, 이쪽 소파에 앉으시지요······."

그가 너무 친절하게 자신을 맞자 라스콜리니코프는 그 친절함에 무슨 특별한 의미가 있는 것만 같았다. 둘은 서로를 살피고 있었지만 눈이 마주치려 할 때면 둘 다 번개처럼 시선을 돌렸다.

제25장

57

"서류를 가져왔습니다……. 그 시계에 관한……. 여기 있습니다……. 이걸로 됐는지, 아니면 다시 써야 할지……."

"네? 서류? 아, 네, 됐습니다." 포르피리는 서류를 쓱 훑어보고 책상 위에 놓으면서 말했다. 그런 후 다른 서류를 잠시 훑어보는 척하더니 그것도 책상 위에 놓고 라스콜리니코프에게 말했다.

"어제 제게 뭔가 물어볼 게 있다고 하신 것 같은데……."

그러더니 그는 사무실 안을 왔다 갔다 하면서 아직 시간이 있다는 둥, 저 문 뒤에 자신의 숙소가 있지만 지금은 사택에서 지낸다는 둥 이런저런 이야기를 아무 의미도 없는 듯 늘어놓았다. 그의 그런 태도에 라스콜리니코프는 화가 났다. 라스콜리니코프는 그를 도발적으로 바라보면서 말했다.

"내가 알기로는 심문 방법에 아주 여러 가지가 있다더군요. 처음에는 아무 상관도 없어 보이는 일이나 하찮은 일부터 이야기를 꺼내어 심문받는 사람을 방심하게 만들고는, 갑자기 핵심적인 질문으로 도끼처럼 정수리를 내리친다고 하던데……. 당신도 그런 원칙을 금과옥조 식으로 지키고 있지요?"

그러자 포르피리는 웃음을 터뜨렸다. 라스콜리니코프는 모자를 집어 들고 단호한 어조로, 그러나 몹시 초조한 음성으로 말을 이었다.

"당신은 어제 제게 무언가 심문할 게 있으니 한번 와달라고 했습니다. 그래서 제가 이렇게 온 것입니다. 그러니 필요한 게 있으시면 물어보십시오. 그렇지 않다면 이만 실례하겠습니다. 급히 볼일이 있어서요. 말에 밟혀 죽은 그 관리의 장례식에 가 봐야 하거든요."

"아니 무슨 말씀을! 당신에게 물어볼 말이 뭐 있겠습니까? 로지온 로마노비치, 그 이름이 분명 맞지요? 나는 당신을 만나 이렇게 한없이 기쁘기만 한데……. 한데 당신도 아시다시피 내가 너무 비사교적인 인간이라서……. 자, 그 학생모 좀 내려놓으시지요……. 꼭 금방이라도 나가실 것처럼……."

라스콜리니코프는 할 수 없이 모자를 내려놓았다. 그러자 포르피리는 또다시 방을 왔다 갔다 하면서 끝없이 수다를 늘어놓았다. 그는 정말 쉴 새 없이 지껄이고 있었다. 너무 서두르지 마라, 아직 시간은 많다, 이렇게 왔다 갔다 한다고 기분 나빠하지 마라, 평소 운동이 부족해서 그렇다, 당신이 심문 형식에 대해서 아주 재미있는 표현을 했는데, 자기는 그런 형식보다는 자유로운 걸 좋아한다, 예심판사의 일이란 건 형식을 따르는 일이라기보다 일종의 자유예술이다, 라는 등 의미 없는 말을 늘어놓기도 하다가 별안간 수수께끼 같은 말을 툭 던지기도 했고, 또다시 아무 의미 없는 말에 빠져들곤 했다.

그는 거의 방 안을 뛰어다니다시피 했다. 라스콜리니코프는 그가 그렇게 방 안을 서성이면서 가끔 문 옆에 서서 무엇엔가 주의를 기울이고 있음을 눈치챌 수 있었다.

'도대체 뭘 기다리고 있는 걸까?'라고 라스콜리니코프는 의아하게 생각했다.

포르피리가 다시 유쾌한 얼굴로 라스콜리니코프를 쳐다보면서 이상할 만큼 친근하게 말했다. 라스콜리니코프는 긴장할 수밖에 없었고 불의의 공격에 대비할 요량으로 마음을 다잡았다.

"정말 옳아요! 당신이 그렇게 예리하게 심문 형식을 비웃은 것 말입니다. 그 심리적 수법이란 게 너무 형식적으로 굳어버리면 오히려 무용지물이 될 수 있거든요. 이거 작은 예를 하나 들어도 되는지……. 당신, 법률가가 될 준비를 하고 있다고 그랬지요?"

"네, 그렇습니다."

"그렇다면 장차 당신에게 도움이 될지도 모를 예일 텐데요. 뭐, 감히 제가 당신을 가르치려 든다고 생각하진 마십시오. 좀 간단하게 말씀드리지요. 자, 내가 어떤 자를 범인이라고 생각한다고 칩시다. 그가 범인이라는 증거를 갖고 있다 치더라도 그를 미리 불안하게 만들 필요가 있을까요? 그런 자는 좀 더 거리를 쏘다니게 해주는 게 낫지 않을까요? 허허, 이해를 잘 못하시는 표정이군요. 좀 더 분명하게 설명해드리지요. 예를 들어 그를 너무 빨리 체포한다, 그러면 허허, 그자에게 정신적인 그어떤 기댈 언덕을 마련해주는 게 아닐까요? 허허, 웃고 계시는군요."

하지만 라스콜리니코프는 웃을 생각조차 않고 있었다. 그는 입술을 깨문 채 타는 듯한 시선으로 포르피리를 바라보고 있었다. 포르피리가 말을 계속했다.

"증거가 있지 않느냐고 말씀하시겠지요. 증거요? 네, 있지요. 하지만 저는 좀 수학처럼 명확한 걸 좋아하는 사람이라서⋯⋯. $2 \times 2 = 4$와 같은 아주 확실한 증거를 얻고 싶은 겁니다. 직접적이고 의심의 여지가 없는 증거! 그런데 그자를 서둘러 가둔다고 칩시다. 그러면 더 이상의 증거를 얻어낼 수단을 스스로 빼앗은 결과가 되는 거지요. 범인은 심리적 안정을 얻게 되고 자신의 단단한 껍질 속에 숨어버리게 되지요. 그보다는 그를 그냥 불안한 상태에 내버려두는 게 낫습니다.

물론 언제나 그렇다는 건 아니지요. 로지온 로마노비치, 이게 누구에게나 적용되는 건 아닙니다. 아주 특수한 경우이지요. 사실 모든 범죄는 일단 발생하기만 하면 모두 특수한 것이 되어버리지만……. 어쨌든 어떤 친구를, 내가 의심을 하고 있다는 것만 알려준 채 그냥 내버려두면 스스로 불안해서 머리가 돌기 시작하고 결국 제 발로 걸어 들어오게 됩니다. 이해하셨겠지만, 제 발로 걸어 들어온다는 건, 스스로 2×2=4같이 명확한 증거가 될 짓을 저지른다는 것을 뜻하기도 하지요.

그냥 돌아다니게 놔두면 어디로 도망가지 않겠느냐고요? 그럴 염려 없습니다. 그는 내 제물이고 어디로도 도망가지 못한다는 걸 나는 잘 알고 있습니다. 외국인이라면 모를까……. 게다가 나는 그가 도망가지 못하게 이미 손도 써놨습니다. 더 중요한 건 그가 심리적으로 내게서 달아날 수 없다는 겁니다. 아마 촛불 위의 나방 이야기 예를 들면 이해가 되실지……."

라스콜리니코프는 창백한 얼굴로 그를 응시하면서 꼼짝도 않고 앉아 있었다. 등골이 서늘했다. 영리한 포르피리가 오로지 자신의 능력을 과시하기 위해 그런 장광설을 늘어놓고 있을 리 만무했다. 그는 생각했다.

'이 녀석은 아직 아무 증거가 없어. 그냥 날 당황하게 만들어 뭔가 얻어내려는 거지. 하지만 어림없다……. 네가 뭘 준비해두

었건……. 어림없다.'

그는 때가 될 때까지는 한마디도 하지 않기로 결심했다. 그래야 말실수할 염려도 없었고 적을 초조하게 만들어 생각지도 않은 말이 무심코 그의 입에서 나오게 할 수도 있었다.

그러자 다시 포르피리가 연방 웃음을 흘린 채 방 안을 오가며 장광설을 늘어놓기 시작했다. 자신은 군대에 갔어야 했다, 당신은 젊지만 자기처럼 나이 든 사람의 말에도 귀를 기울여야 한다는 등, 오만 가지 말을 늘어놓았다. 그런데 자신이 늙었다는 말을 하는 순간 겨우 서른다섯 살의 포르피리는 실제로 늙어버린 것 같았다. 목소리도 변해 있었으며 갑자기 딱딱한 사람이 된 것 같았다. 그가 계속 말했다.

"로지온 로마노비치, 난 진지하게 말씀드리는 겁니다. 게다가 난 솔직한 사람입니다. 내가 솔직한 사람인가요, 아닌가요? 당신 생각은 어때요? 이런 이야기를 아무 대가 없이 당신에게 해주는 걸 보면 솔직한 사람 아닌가요? 자, 그럼 계속하겠습니다. 젊은이의 기지(機智)란 좋은 거지요. 자연이 준 장식물이며 말하자면 삶에 위안을 주는 것이기도 하고, 요술을 부리기도 하지요. 그러니 나처럼 가련한 수사관 따위는 그저 어안이 벙벙할 수밖에 없지요. 하지만 그 불행한 젊은이는 자신의 환상에 빠집니다. 그 역시 인간인지라……. 그의 본성이 이 가련한 수사관을 도와준 것이니, 바로 거기에 불행이…….

그가 거짓말을 한다고 칩시다. 물론 저는 계속 그 특수한 경우 이야기를 하고 있는 겁니다. 그는 대성공이라고 생각하고 그 열매를 즐기려 합니다. 그런데 갑자기 픽! 그가 가장 흥미롭고 위험한 순간에 기절을 해버리는 겁니다. 뭐, 병에 걸려 그럴 수도 있고, 방 안의 공기가 숨 막혀서 그럴 수도 있지요. 하지만, 그렇더라도……. 바로 그때 그 어떤 의혹이 떠오르기 시작하는 겁니다.

그의 거짓말은 기막히게 성공했지만 그는 자신의 본성을 고려하지 못한 겁니다. 바로 거기에 문제가 있는 겁니다. 그는 자신의 기지에 매혹되어 상대방을 놀리기 시작합니다. 때로는 아주 자연스럽게 질린 표정을 짓기도 합니다. 하지만 그게 너무나 자연스러워 오히려 새로운 의혹이 생겨납니다.

그것만이 아닙니다. 상대방을 속이는 데 성공한 그는 거기서 그치지 않습니다. 밤새 곰곰이 생각한 끝에, 뭐 어리석다고까지는 할 수 없지만, 공연히 그럴듯한 생각들을 해내게 됩니다. 매번 그렇습니다. 지금까지 거둔 성공에 만족하지 못하게 되는 거지요. 그러고는 상대방에게 묻지도 않은 말을 해대고, 잠자코 있어야 좋을 말들을 지껄이게 되고, 결국은 제 발로 걸어 들어와 묻게 되지요. '도대체 왜 나를 잡아 가두지 않는 거냐!'라고. 본성은 거울, 가장 맑은 거울이기 때문입니다."

그의 말을 듣고 라스콜리니코프는 큰 소리로 웃기 시작했다. 포르피리는 웃고 있는 그의 앞에서 걸음을 멈추더니 따라서 웃기 시작했다.

라스콜리니코프는 발작적인 웃음을 그치더니 의자에서 벌떡 일어나 후들후들 다리를 떨면서도 분명한 어조로 포르피리에게 말했다.

"포르피리 페트로비치! 이제 확실히 알겠군요. 당신은 그 노파와 리자베타의 살인 혐의를 내게 두고 있어요. 분명히 밝혀두지만 나는 이 일에 이제 넌더리가 나 있습니다. 법에 따라 나를 조사할 권리가 있다면 조사하고 체포할 권리가 있다면 체포하세요. 하지만 더 이상 내 눈 앞에서 나를 조롱하거나 괴롭히는 일은 절대로 용납할 수 없어요!"

그는 흥분해서 탁자를 내리치며 다시 한번 "절대로 용납할 수 없어요!"라고 소리쳤다. 그러자 포르피리가 "아이고, 왜 이러십니까? 이러다 또 발작하시겠습니다"라고 말하며 물병을 가져와 라스콜리니코프에게 물을 따라주었다. 라스콜리니코프

제25장

는 물잔을 입에 대려다가 혐오스럽다는 표정을 지으며 탁자에 놓았다.

그러자 포르피리가 말했다.

"아니, 몸을 돌봐야지. 어머니와 여동생도 와 있는데……. 어제 라주미힌이 와서 당신 건강 걱정을 어찌나 하던지……. 그 친구가 지껄이는 말 덕분에 당신에 대해 참으로 많은 것을 알게 되었지요……. 이번만이 아니지만……. 그런데 로지온 로마노비치, 당신에 대해서 내가 알고 있는 건 그것만이 아닙니다. 당신이 밤에 그 노파의 아파트에 찾아갔던 것도 알고 있습니다. 초인종을 울리고, 피에 대해 묻고, 일꾼과 관리인들을 어리둥절하게 만들었던 것을 알고 있지요……. 나는 당신 정신 상태를 잘 알고 있어요. 그렇게 하다가는 정말 미치게 됩니다."

라스콜리니코프는 경악의 눈초리로 포르피리를 바라보았다. 이제까지 그는 포르피리의 말을 완전히 믿지 않고 있었다. 그러나 그 셋방에 대한 이야기는! 어떻게 이자가 그걸 알고 있단 말인가! 게다가 왜 그 이야기를 내게 해준단 말인가!

그 사이에도 포르피리는 계속 이야기를 하고 있었다.

"그래요, 당신은 섬망증에 걸린 거예요. 그런데도 당신은 아니라고 주장하지요. 만일 당신이 정말 뭔가 죄를 저질렀다면 당신 스스로 멀쩡하다고 주장할 수 있을까요? 만일 무언가 켕기는 점이 있다면 정신이 없어서 그 일을 저질렀다고 주장하겠지요."

라스콜리니코프는 정신을 차릴 수 없었다. 뭔가 교활한 함정이 있는 것 같은데 알 수가 없었다. 그는 겨우 입을 열었다.

"당신은 내게 계속 거짓말만 하고 있군요……. 날 겁주려고 하거나…… 아니면 그냥 날 조롱하거나……."

"아니, 당신은 내가 계속 당신을 의심하고 있다는 듯이 말하는군요. 정말 내가 당신을 의심하고 있다면 이렇게 행동할까요? 정말 당신을 의심했다면 당신 앞에서 아무것도 모르는 척하지 않았겠어요? 그러다가 당신 표현대로 즉각 당신 정수리에 도끼를 내려찍지 않았겠어요? 당신이 왜 거기 갔는지 어제 한 행동에 대해서도 꼬치꼬치 캐물었겠지요. 내가 당신에게 눈곱만큼이라도 혐의를 두고 있었다면 의당 그렇게 했겠지요……. 당신은 판단력을 잃어버려서 사태를 제대로 직시하지 못하고 있는 겁니다." 포르피리의 얼굴 표정은 더없이 자상하고 친절해 보였다.

라스콜리니코프는 몸을 부르르 떨었다.

"당신은 지금 온통 거짓말만 늘어놓고 있어! 내내 거짓말만

하고 있다고!" 그가 소리쳤다.

그는 자리에서 일어나며 포르피리를 경멸의 눈초리로 오만하게 바라보며 말했다.

"한마디로, 내가 알고 싶은 건 이거요. 당신은 나를 모든 혐의로부터 자유로운 사람으로 인정합니까, 아닙니까? 포르피리 페트로비치! 명백하게 최종적으로 말해주시오! 지금 당장!"

그러자 포르피리가 조금도 놀랍지 않다는 듯 유쾌하게, 그러면서도 뭔가 교활한 기색을 띠고 말했다.

"어휴, 마치 제 상관처럼 말씀하시네. 당신이 그걸 알아서 뭐 합니까? 아직 당신에 대한 조사도 시작되지 않았는데 뭐 그리 많은 걸 알려는 겁니까? 꼭 불장난하게 내버려두라고 떼쓰는 어린아이 같군요. 왜 그렇게 불안해하는 거지요, 허허허."

"더 이상 참을 수 없어요!" 라스콜리니코프가 소리를 질렀다.

"뭐를? 뭘 참을 수 없다는 거지요?"

"그따위 독기 어린 조롱은 그만둬요! 참을 수 없어요! 싫다니까요!"

라스콜리니코프는 주먹으로 탁자를 쾅 내리쳤다.

"자, 조용히! 조용히! 누가 들어요. 진심으로 경고합니다. 조심해요. 농담이 아닙니다." 포르피리가 속삭였다. 그러나 그의 얼굴에는 이미 이제까지의 라스콜리니코프를 염려하는 것 같은 친절하고 선량한 표정은 사라지고 없었다. 반대로 그는 양미간을 찌푸린 채 노골적으로 명령을 내리는 것 같은 엄격한 표정을 짓고 있었다.

라스콜리니코프는 조용히 하라는 그 명령에 따랐다. 그는 조용히 말했다.

"더 이상 고문당하고 싶지 않아요."

그 말을 하면서 그는 자신이 명령에 복종할 수밖에 없다는 것을 의식하고는 더욱더 미칠 듯한 분노에 사로잡혔다.

"나를 체포해요! 가택수색도 해요! 그러나 제발 형식적 절차에 따라서 해요! 나를 가지고 놀지는 말아요……. 그건 절대로……. 자, 이제 나는 나갈 겁니다. 만일 나를 체포할 생각이라면, 당신 지금 뭐라고 할 겁니까?"

그는 학생모를 집어 들고 문 쪽으로 발걸음을 떼었다. 그러자 포르피리가 이죽거리듯 말했다.

"혹시 작은 깜짝 선물을 보고 싶지 않으신가요?"

"깜짝 선물? 그게 뭔데요?" 라스콜리니코프가 걸음을 멈추고 놀란 얼굴로 포르피리를 바라보았다.

"내 깜짝 선물은 바로 저 문 뒤에 있지요. 저 문 뒤가 바로 내

관사 숙소인데…… 잠가놓았지요. 자, 열쇠가 여기 있어요. 당신이 직접 열어봐요."

그는 주머니에서 열쇠를 꺼내어 라스콜리니코프에게 보여주었다.

그러자 라스콜리니코프가 폭발했다. 그는 고함을 지르며 포르피리에게 달려들었다.

"너는 언제나 거짓말만 하고 있어! 이 어릿광대 같은 놈! 내가 다 알고 있어! 거짓말을 하고 나를 약 올려서 고백하게 만들려는 거지!"

"뭐, 더 이상 고백할 것도 없을 텐데, 형씨."

"거짓말 마! 네겐 증거가 없어! 자묘토프 같은 허접한 놈에게서 들은 이야기밖에 없어! 저 뒤에 뭐 엉뚱한 것을 감춰둔 척하고 또 내 정신을 잃게 만들려는 거지! 저 뒤에 배심원들, 사제들이라도 숨겨놓은 거야, 뭐야!"

"뭐, 배심원? 별 이상한 상상을 다 하는군. 이래서야 어디 제대로 형식을 갖춰서 일을 다루겠나. 자, 어디 직접 보시지……!"

포르피리는 문가에 귀를 기울이면서 중얼거렸다. 바로 그때 그 문과는 다른 쪽에 있는 문 밖에서 뭔가 소란스러운 소리가 들렸다. 그리고 바로 그 순간 너무나 이상한 일이 벌어졌다. 너무도 뜻밖이어서 라스콜리니코프도, 포르피리도 그들의 면담이 이런 식으로 끝나리라고는 전혀 예상할 수 없었다.

# 제26장

　문 뒤에서 들리던 소리가 갑자기 커지더니 문이 빠끔히 열렸다. 그러자 포르피리가 소리를 질렀다.

　"무슨 일이야! 내가 미리 주의를 주었잖아……."

　대답은 들리지 않았다. 하지만 여러 명의 사람이 누군가 한 명을 떠밀고 있는 것 같았다. 좀 불안해진 듯 포르피리가 다시 물었다.

　"대체 무슨 일이냐고!"

　그러자 누가 대답했다.

　"가둬두었던 니콜라이를 데려왔습니다."

　그러자 포르피리가 문 쪽으로 달려가며 소리쳤다.

　"아직 아니야! 어서 꺼져! 기다리라고! 도대체가 영 엉망이로군!"

그런데 밖에서 진짜 몸싸움이 벌어지는 것 같은 소동이 일어나더니 한 사내가 안으로 뛰어 들어왔다. 평민 옷차림에 머리를 빡빡 깎은 갸름한 얼굴의 젊은이였다. 호송병이 뒤따라오며 그의 어깨를 잡았지만 그가 뿌리쳤다. 문가에는 구경꾼들이 모여 서 있었다.

니콜라이는 갑자기 포르피리 앞에 무릎을 꿇었다.

"아니, 왜 이러는 거야!" 포르피리가 소리를 질렀다.

"제가 죄를 저질렀습니다. 제가 살인자입니다!"

이어서 쥐 죽은 듯 침묵이 얼마간 흘렀다. 다들 놀라서 얼어붙어 있었다.

한동안 마비된 듯 꼼짝 않고 있던 포르피리가 입을 열고 소리쳤다.

"뭐라는 거야?"

"제가 살인잡니다. 알료나 이바노브나와 그 누이동생 리자베타 이바노브나를…… 제가 죽였습니다……. 도끼로…… 그만 정신이 나가서……."

포르피리는 잠시 생각에 잠긴 듯 서 있다가 호송병과 구경꾼들을 내쫓고 문을 닫았다. 그리고 다시 니콜라이에게 달려들어

제26장

**73**

말했다.

"뭐로 죽였다고?"

"도끼로 제가 죽였습니다."

"혼자서?"

"네, 혼자서입니다. 미치카는 죄가 없습니다."

"그놈 이야긴 묻지도 않았어……. 그럼, 그때 왜 층계를 뛰어 내려갔어? 관리인이 너희 둘을 봤을 텐데……."

"그건 의심을 받지 않으려고……. 그때…… 미치카와 함께……."

"흥, 주워들은 이야기를 달달 외우고 있군."

그 말을 중얼거리던 그에게 갑자기 라스콜리니코프가 눈에 띄었다. 그는 한동안 라스콜리니코프의 존재를 잊고 있었던 것이 분명했다.

그가 당황한 듯 말했다.

"저, 로지온 로마노비치……. 죄송합니다……. 이거 너무 뜻밖이라……. 자, 여기 계셔도 소용없으니……. 이제 그만……. 제발……."

그는 그의 손을 잡고 문을 가리켰다. 둘은 손을 잡고 문가로 갔다. 문 앞까지 온 라스콜리니코프가 포르피리에게 갑자기 물었다.

"그런데, 그 작은 깜짝 선물은 보여주지 않을 건가요?"

"짓궂기는! 자, 다음에 보지요."

"제 생각에는 다시 볼 일이 없을 것 같은데요."

"하느님이 알아서 하시겠지요. 하느님이 인도하시는 대로! 하지만 반드시 또 보게 될 겁니다." 포르피리는 묘하게 일그러진 미소를 지으며 말했다.


라스콜리니코프는 곧장 집으로 돌아갔다. 그는 너무나 머릿속이 혼란스러워 생각을 좀 정리해보려고 15분가량 그대로 소파에 앉아 있었다. 니콜라이에 대해서는 아무 생각도 할 수 없었고 아무런 판단도 할 수 없었다. 다만 확실한 것은 자신이 큰 충격을 받았다는 사실이었다. 그리고 그의 자백 속에는 지금 자기로서는 이해할 수 없는 그 무언가 큰 것이 들어 있다는 생각만이 들 뿐이었다.

어쨌든 그의 자백은 엄연한 사실이었다. 하지만 그는 그 결과도 훤히 내다볼 수 있었다. 금세 그가 거짓 자백을 했다는 것이 드러날 것이었다. 그러면 포르피리는 다시 자신을 취조하기 시작할 것이다. 적어도 그때까지는 자유의 몸일 테니 뭔가 손

제26장

을 써놓아야만 한다.

그는 다시 포르피리의 취조 장면을 떠올렸다. 정말 교활한 방법이었다. 어쨌든 그의 태도를 보면 모든 것을 다 알고 있는 것 같았다. 아마 한 걸음만 더 나갔더라면 자기 스스로 모든 것을 고백하는 꼴이 되었을지도 모른다. 그만큼 그는 스스로를 아주 위험한 지경으로까지 만들었다. 하지만 그렇다고 아직 증거를 보여준 것은 아니었다.

포르피리는 그 자신이 지니고 있는 것을 거의 다 보여주었다. 다만 그 작은 깜짝 선물은? 그게 뭘까? 그냥 또 하나의 조롱거리일까? 아니면 무슨 증거 같은 게 그 깜짝 선물에 숨어 있던 것은 아니었을까? 혹시 어제 갑자기 나타났다 사라진 그 정체불명의 사내와 관련이 있는 게 아닐까? 포르피리가 뭔가 결정적이고 확실한 것을 쥐고 있었다면 그것은 분명 그 사내와 연관이 있을 것이다.

생각에 잠겨 있던 라스콜리니코프는 모자를 집어 들고 문 쪽으로 걸어갔다. 한시라도 빨리 카체리나 이바노브나에게 가기 위해서였다. 장례식엔 늦었지만 추도연에는 늦지 않을 것이다. 거기서 소냐를 또 만나게 되리라.

그가 문을 열려 했을 때였다. 갑자기 문이 저절로 열렸다. 그는 움찔하며 뒤로 물러섰다. 문이 천천히 열리면서 한 사내가 나타났다. 땅에서 솟은 듯했던 어제의 그 사내였다.

잠시 문 앞에 서 있던 사내는 방 안으로 들어섰다. 어제와 같은 차림이었지만 왠지 기가 죽어 있었다. 라스콜리니코프는 파랗게 질린 채 그에게 물었다.

"무슨 일이시죠?"

사내는 잠시 말이 없더니 갑자기 코가 땅에 닿을 정도로 그에게 깊숙이 몸을 숙여 절을 했다. 최소한 오른손은 바닥에 닿았다.

"무슨 일입니까?" 라스콜리니코프가 재차 물었다.

"제가 잘못했습니다. 그만 화가 나서……. 그날 당신이 피에 대해서 물어보고 관리인더러 경찰서에 가자고 하기도 했는데……. 그런 이상한 말을 하는 당신을 그냥 보내버리는 걸 보고……. 당신이 술에 취했다며……. 저는 화가 나서 잠도 이루지 못했습니다. 그래서 그만 당신에게 와서……."

"그럼 그때 당신이 거기에……."

"네, 저는 거기 살고 있는 사람입니다. 거기 작업장도 있고……. 모피를 가공해서 살고 있는 사람입니다."

순간 라스콜리니코프에게 모든 것이 뚜렷해졌다. 그저께 관리인 말고도 여러 사람이 그곳에 있었고 그는 그중 한 사람이었던 것이다.

이것으로 어제의 공포는 모두 해결된 셈이었다. 아무렇지도 않은 일을 가지고 공포에 젖어 있었고 파멸을 자초할 뻔했다는 생각이 들자 그는 등골이 오싹했다. 그렇다! 포르피리가 이 사내에게서 들은 것은 사실 아무것도 없다. 다만 심리적으로 자신을 압박하는 재료로 쓰려 했을 뿐이었다. 그러니까 포르피리에게는 아무런 물증도 없다! 포르피리는 자신이 그곳에 갔었다는 사실도 이제야 겨우 알게 되었을 뿐이다!

그는 확인하기 위해 사내에게 물었다.

"그럼 당신이 오늘 수사관에게 말했군요."

"네, 오늘 말했습니다. 그리고 수사관이 당신을 몰아세우는 소리를 다 들었습니다."

"어디서요?"

"오늘 그 문 뒤에서입니다."

"그래, 그 깜짝 선물이란 게 바로 당신이었군." 라스콜리니코프는 고개를 주억거리며 중얼거렸다.

사내가 계속 말했다.

"니콜라이를 데려오자마자 당신이 가신 뒤에 그분이 저를 곧 밖으로 내보냈습니다. 나중에 다시 불러서 물어보겠다고 하시면서……. 모함을 했던 것을 용서해주십시오."

사내는 다시 깊숙이 절을 하더니 밖으로 나갔다. 라스콜리니코프는 "그래, 양날의 칼이야. 이제 모든 게 양날을 지닌 칼일 뿐인 거야"라고 되뇌며 활기찬 걸음걸이로 밖으로 나갔다.

그는 계단을 내려오면서 "이제 다시 한번 싸워보는 거야"라고 경멸의 웃음을 띤 채 중얼거렸다. 그 경멸과 분노는 자기 자신을 향한 것이었다. 그는 자신이 정말로 비겁했다며 경멸감과 수치를 느끼고 있었던 것이다.

제26장

제
5
부

# 제27장

두네치카와 그녀의 어머니를 상대로 운명적인 담판을 벌이고 난 다음 날 아침, 표트르 페트로비치 루쥔은 마치 술 취한 상태에서 깨어난 것 같은 기분이었다. 어제까지만 해도 아직 꿈속의 일처럼, 일종의 환상처럼 여겨졌던 것을 이제 현실로 받아들일 수밖에 없었다.

그는 자리에서 일어나자 버릇처럼 거울을 들여다보았다. 그리고 혹시 얼굴이 상하지나 않았는지 살펴보았다. 그만하면 괜찮은 것 같았다. 이 정도면 좀 더 순결한 신붓감을 찾아낼 수 있을 것 같기도 했다.

그런 그를 그와 한 방에서 지내고 있는 젊은 친구 안드레이 세묘노비치 레베쟈트니코프가 바라보며 얼굴에 조소를 흘리고 있었다. 루줜은 '저놈이 내게 저런 식의 조소를 보낸 게 벌써 몇 번째야? 내 꼭 갚아줘야지. 에이, 저놈에게 어제 담판의 결과를 알려주다니!' 하며 속으로 화를 냈다.

'도저히 돌이킬 수 없이 끝난 걸까? 어떻게 다시 한번 시도해볼 수는 없을까?'

두네치카를 생각하자 다시 가슴이 저려왔다. 그는 라스콜리니코프 생각을 하고 이를 갈았다. 지금 한마디 말로 그를 죽일 수만 있다면 기꺼이 그럴 수 있으리라는 심정이었다.

그런데 그의 입에 묘한 웃음이 갑자기 떠올랐다. 한 가지 생각이 스쳐 지나갔던 것이다. 한 집에 세 들어 살고 있는 카체리나 이바노브나가 죽은 남편의 추도연을 열겠다며 그 집에 세 들어 살고 있는 모든 사람을 초대한 사실이 문득 머리에 떠올랐던 것이다. 그도 물론 초대를 받았다. 그러나 무엇보다 그가 회심의 미소를 지은 것은 초대받은 사람들 중에 라스콜리니코프도 있다는 사실을 알게 되었기 때문이다.

그와 함께 기거하고 있는 안드레이 세묘노비치 레베쟈트니코프와 그와는 묘한 관계였다. 루줜이 그와 함께 지내게 된 것은 단순히 경제적 이유 때문만은 아니었다(물론 그것이 주된 이유이긴 했지만……). 루줜은 안드레이 세묘노비치의 옛 후견인이었다.

제27장

**83**

그는 지방에 있을 때부터 안드레이가 급진적 진보 활동을 하고 있으며 자신이 활동하고 있는 서클에서 상당히 중요한 역할을 하고 있다는 것을 알고 있었다. 그는 그와 친하게 지내면 그가 여러 가지로 자신의 보호막 구실을 해줄 거라고 기대하고 있었다.

안드레이 세묘노비치는 관청에 근무하는 작은 키의 사내였다. 마음씨는 부드러웠지만 말투는 자신감에 차 있었다. 그에게는 최신 유행 사상이라면 가리지 않고 받아들이는 우둔함도 있었다. 어쨌든 그는 호인이었지만, 루쥔은 금세 그를 경멸하게 되었다. 자신이 바라던 바를 채워줄 만한 인물이 못 된다는 것을 알았기 때문이었다. 안드레이도 그가 자신을 경멸한다는 것을 알고는 그가 슬슬 싫어지고 있던 참이었다.

그날 오전 표트르 페트로비치 루쥔은 무슨 속셈에서였는지 채권 몇 장을 현금으로 바꿔 와서 탁자 위에 놓고 현금과 채권 다발을 열심히 헤아렸다. 생전 그런 돈이라고는 만져본 적도 없던 안드레이는 짐짓 무심한 척 눈길을 주지 않고 있었다. 하지만 루쥔은 그가 이토록 많은 돈다발에 결코 무관심하지 않으리라는 것을 잘 알고 있었다.

둘은 이런저런 이야기를 나누다가 화제가 추도 피로연으로 옮겨갔다. 루쥔이 안드레이에게 말했다.

"어때, 자네도 초대를 받았지? 자네는 갈 생각이 없나?"

"안 갈 거예요. 추도연이라는 것 자체가 제 신념에 맞지 않아요. 만일 가더라도 오로지 그런 짓거리를 비웃어주기 위해서일 겁니다."

"참, 그 죽은 남자에게 딸이 있지? 자네 그 말라깽이를 알고 있나? 그 여자에 대해 떠도는 이야기들이 모두 사실이지? 그렇지?"

"그게 어떻다는 거지요? 그녀는 가난에 시달렸고, 자신이 마음대로 사용할 수 있는 자본을 자유롭게 사용했을 뿐인데요. 게다가 그녀의 행동은 잘못된 사회제도에 대한 강력한 저항이기도 합니다. 저는 그녀를 존경하고 있어요. 게다가 그녀는 아름다운 천성을 지닌 여자입니다. 그녀 앞에서는 어쩐지 그녀가 겁이 날 정도로 순결하다는 생각이 들어 부끄러워지기까지 하는데요."

"헤헤, 자네 이야기를 들으니 그녀가 무슨 고결한 성녀 같다는 생각이 드는군. 그건 그렇다 치고 자네에게 물어볼 말이 있네. 자네의 말을 들으니, 자네, 그녀와 아주 잘 알고 지내는 것 같군. 어때, 그렇게 친하다면 그 여자를 지금 잠시 이 방에 와달라고 할 수 있겠나? 다들 벌써 묘지에서 돌아온 모양이니…….

제27장

**85**

발소리가 들렸어……. 내가 그 여자를 좀 만나볼 일이 있어서 그래."

"무슨 일인데요?" 안드레이가 놀라서 물었다.

"그냥 좀 볼일이 있어. 나는 며칠 내로 다른 곳으로 옮길 건데, 그 전에 그 여자에게 할 말이 좀 있어……. 그리고 내가 그 여자와 이야기를 나누는 동안 자네도 곁에 있었으면 해. 그래, 그게 좋을 거야. 그렇지 않으면 자네가 무슨 엉뚱한 상상을 할지도 모르고……."

"제가 무슨 엉뚱한 상상을 할 거라고……. 전 그런 사람 아닙니다……. 어쨌든 별로 어려운 일도 아니니, 제가 불러오지요."

실제로 5분 정도 지났을 무렵 안드레이가 소냐와 함께 나타났다. 소냐는 놀란 얼굴이었으며 늘 그렇듯이 겁먹은 표정이었다. 그녀는 언제나 새로운 사람, 새로운 것을 두려운 마음으로 맞았으며 요즘은 전보다 더했다.

루쥔은 그녀를 온화하고 정중하게 맞이했다. 일종의 친밀감까지 느끼게 해주는 태도였다. 그는 마치 자기 같은 점잖은 사람이 그녀처럼 흥미(興味)로운 일을 하는 사람에게 용기를 북돋워주는 듯한 태도로 탁자 맞은편에 앉게 했다. 소냐는 자리에 앉아 주변을 두리번거렸다.

루쥔은 안드레이를 창가로 데려가더니 귓속말로 속삭였다.

"라스콜리니코프가 와 있던가?"

"거기 있던데요. 왜 그러시죠……? 지금 막 들어오는 걸, 제가 봤어요."

"그렇다면 더욱이 자네는 꼭 이 자리에 있어주게. 내가 이상한 짓을 한다는 허튼소리가 그 친구 귀에까지 들어가는 걸 원치 않아."

"아, 알겠어요. 두 분 이야기에 방해가 되지 않도록 이 창가에 서 있을게요."

다시 자리로 돌아온 루쥔은 소냐 맞은편에 앉았다. 그는 소냐가 당황할 정도로 엄숙한 표정을 짓고 있었다. 그가 입을 열었다.

"소피야 세묘노브나, 존경하는 어머님께 우선 죄송하다는 말씀을 전해주십시오. 부득이한 사정이 있어서, 댁의 다과회……아니 추도회에 갈 수 없게 되었다고……. 이렇게 초대를 해주셨는데……."

그러자 소냐는 의자에서 발딱 일어나며 말했다.

"아, 네. 어머니께 그대로 전하겠어요. 그럼……."

그러자 루쥔이 빙그레 웃으며 그녀를 말렸다. 마치 그녀가 예의범절을 모르는 걸 점잖게 타이르는 것 같았다.

"아직 제 말이 끝나지 않았습니다. 제가 이런 대수롭지 않은 일로 당신을 몸소 이 방으로 오게 했겠습니까?"

소냐는 황급히 다시 앉았다. 탁자 위에는 루쥔이 아직 치우지 않은 지폐들이 있었지만 그녀는 애써 눈길을 주지 않았다.

루쥔이 다시 입을 열었다.

"어제 길에서 당신 어머니 카체리나 이바노브나를 만나 두어 마디 이야기를 나누어볼 기회가 있었습니다. 너무 단도직입적인지는 모르지만 완연한 병색이었습니다."

"네, 편찮으세요."

"불편한 몸으로 어린것들을 거느리고 있다니……. 그 딱한 처지를 그냥 보고 넘기기 어려웠습니다. 그래서 당신 의향을 묻고 당신과 상의하려고 이렇게 보자고 한 겁니다. 뭐, 그렇다고 뾰족한 수가 있는 건 아니고……. 그분을 위해 모금 운동을 한다거나, 아니면 뭐 복권 같은 것……. 어쨌든 그 뭔가를 추진해보고 싶었습니다."

"정말 감사해요……. 하느님께서…… 당신을……."

"가능한 일입니다……. 하지만 지금 당장 상의하기보다는…… 나중에…… 저녁 7시에 제 방으로 와주십시오. 하지만 미리 꼭 당부할 게 있습니다. 어떤 식으로 당신이 돈을 손에 넣게 되더라도 절대로 카체리나 이바노브나의 손에는 넘겨주지 마십시오. 사실 오늘 일만 해도 그렇습니다. 당장 내일 입에 넣을 빵도 없으면서 축하연, 아니 추도연이라니……. 빵 한 조각까지 당신에게 매달릴 게 뻔한데……."

소냐는 아무 대답도 하지 못했다. 그러자 루쥔이 다시 다짐을 주었다.

"제가 진심으로 호의에서 드리는 말이니 그대로 받아들이는 것으로 알겠습니다. 자, 그리고 우선 이 약소한 돈을 받아주십시오. 정식으로 일을 벌이기 전에 우선 이 정도만…… 신신당부드리는데, 제발 제 이름은 밝히지 말아주십시오……. 개인적으로 더 도와드리고 싶지만 저도 좀 사정이 있어서……."

말을 마친 후 루쥔은 10루블짜리 지폐 한 장을 정성껏 펴서 소냐에게 내밀었다. 소냐는 돈을 받더니 얼굴을 붉히며 인사한 후 방에서 나갔다.

그때까지 방 안을 어슬렁거리며 둘 사이의 대화에 귀를 기울이고 있던 안드레이는 소냐가 나가자 갑자기 루쥔에게 손을 내밀었다. 자못 엄숙한 표정이었다.

"제가 모든 것을 듣고 보았습니다. 정말 고결한 행동입니다.

정말 인간적인 행동입니다. 물론 악을 철저하게 근절할 수 없다는 의미에서 원칙적으로는 반대합니다. 하지만 당신의 행동을 보고 기뻤다는 것은 부인할 수 없습니다. 제가 이제까지 당신을 잘못 보아온 것 같습니다."

"뭐, 아무것도 아닌데……."

안드레이는 이어서 장황하게 그의 행동이 왜 인간적이었는지 설명하기 시작했다. 그의 말을 들으면서 루쥔은 허허 하며 가끔 웃음을 흘렸지만 별다른 감흥을 느끼는 것 같지는 않았다. 사실 그는 뭔가 다른 생각을 하고 있었고 안드레이도 마침내 그것을 눈치챘다. 안드레이는 나중에 모든 것을 다시 되짚어보면서 그때 그가 무슨 생각을 하고 있었는지 알 수 있었다.


당장 내일 빵 한 조각을 걱정해야 할 처지면서 카체리나 이바노브나가 무리하게 개최한 추도회는, 결론부터 말하자면 엉망이 되었다.

그녀는 라스콜리니코프에게서 받은 20루블 가운데 10루블을 추도회 비용으로 썼다. 그녀가 그렇게 무리한 의도는 뻔했다. 고인이 그렇게 비참하게 최후를 맞이했지만 모두에게, 특히 늘 자신과 툭탁거리는 집주인 아말리야 이바노브나에게 고인

죄와 벌 II

90

이 그들 못지않은 사람이라는 것, 어찌 보면 더 훌륭한 사람이라는 것을 보여주기 위해서였다. 또한 자신이 가장 비참한 나락으로 빠져버린 지금, 자기는 거의 귀족이라고 할 수 있는 대령 집안 출신이라는 것을 보여주려는 자존심과 허영심 때문이었다. 그녀는, 그녀가 아무리 비참한 지경에 이르렀다 할지라도 자존심만은 결코 뭉개버릴 수 없는 여자였다.

추도회를 준비하는 일은 집주인 아말리야 이바노브나가 전적으로 도맡아 했다. 장례식이 끝나고 돌아왔을 때는 모든 것이 다 잘 준비되어 있었다. 아말리야는 아주 자랑스러운 모습으로 마치 추도회의 주인이라도 되는 듯 장례식에서 돌아오는 사람들을 맞았다. 하지만 그녀의 그런 모습이 웬지 카체리나 이바노브나에게는 고깝게 여겨졌다.

'흥, 자기가 없었으면 상을 못 차렸을 거라 이거지?'

그녀는 말하자면, 여건만 마련되면 언제고 아말리야의 콧대를 꺾어놓을 준비가 되어 있는 셈이었다.

이윽고 손님들이 도착하기 시작했다. 손님들 중에는 물론 라스콜리니코프도 있었다. 자존심과 허영심에 부풀어 있던 카체리나 이바노브나는 마치 귀부인처럼 손님들을 맞았다. 그리고 아말리야를 마치 아랫사람 부리듯 했다. 아말리야는 몹시 기분

제27장

**91**

이 상했다. 시작부터 그러했으니 결말이 좋으리라는 기대는 할 수 없었다.

이윽고 추도회가 시작되었고 카체리나는 라스콜리니코프를 자기 왼쪽 옆에 앉혔다. 그녀는 계속 기침을 콜록콜록 해대면서 자신의 마음속 분노를 그에게 털어놓았고, 그 분노는 거기 모인 손님들, 특히 여주인에 대한 조롱으로 바뀌곤 했다.

그때 소냐가 방으로 들어왔다. 그녀는 바로 루쥔을 만나고 오는 길이었다. 그녀는 일이 있어서 초대에 응하지 못해 죄송하다는 루쥔의 말을 카체리나에게 전하고 자리에 앉았다.

라스콜리니코프는 카체리나가 쉴 새 없이 덜어주는 음식을 건성으로 먹는 척하며 소냐를 바라보았다. 소냐는 갈수록 걱정스러운 표정이 되고 있었다. 자신을 경멸하는 시선으로 쳐다보는 여인들의 눈길, 그중에서도 아말리야의 눈길을 또렷이 의식할 수 있었기 때문이었다.

그때였다. 이제까지 쉴 새 없이 라스콜리니코프에게 다른 사람들을 조롱하던 카체리나가 사람들이 모두 들을 수 있도록 큰 소리로 자신의 계획을 이야기하기 시작했다. 자신은 지금 연금을 열심히 알아보고 있으며 그걸 받게 되면 고향인 T시에 기숙학교를 세울 예정이다, 소냐가 그 일을 도와줄 것이다, 소냐는 자신을 도와줄 충분한 자질을 가지고 있다고 열을 내서 떠벌리기 시작한 것이다. 그러자 이제까지 조용히 있던 아말리야가 끼어들었다. 제 깐에는 조언을 한다고 한 이야기였다. 그녀는 기숙학교에서는 무엇보다 처녀들의 속옷이 깨끗해야 한다, 그러려면 속옷을 잘 검사할 사감을 두어야 한다, 처녀들이 밤에 몰래 책을 읽지 못하도록 주의를 기울여야 한다고, 매우 실질적인 조언을 한 것이다.

그러자 카체리나가 그녀의 말을 딱 잘라버렸다. 무슨 바보 같은 말을 지껄이는 거냐, 속옷 걱정은 그걸 담당하는 하녀가 할 일이지 기숙학교의 고상한 교장이 할 일이 아니다, 처녀들이 소설을 읽는다니, 무슨 상스럽기 짝이 없는 소리를 하고 있느냐고 쏘아붙인 것이다.

이어서 둘 사이에는 대판 말싸움이 벌어졌다. 막말이 오갔고, 아말리야는 분통이 터져 식탁을 주먹으로 쾅 내리치며 "당장 방을 빼라!"고 고래고래 고함을 질렀다. 소냐는 황급히 카체리나를 진정시키려고 달려갔다. 아말리야가 노란 딱지 운운하며 소리를 질러대자 카체리나는 소냐를 밀치고 아말리야에게 달려들었다.

바로 그때였다. 문이 열리더니 표트르 페트로비치 루쥔이 문

제27장

**93**

지방에 나타났다. 그는 그 자리에 모인 사람들을 심각한 얼굴
로 주의 깊게 둘러보았다.

# 제28장

방 안으로 들어온 루쥔은 천천히 소냐가 있는 곳 맞은편 구석을 향해 걸어갔다. 그의 표정과 태도가 워낙 근엄했기에 모든 사람들은 뭔가 심각한 일이 벌어지리라는 것을 짐작할 수 있었다. 소냐 옆에 서 있던 라스콜리니코프는 그가 지나가도록 비켜섰다. 루쥔은 마치 그가 있는 것을 알아채지도 못한 것처럼 행동했다. 잠시 후 안드레이가 문지방에 모습을 나타냈다. 그는 방 안으로는 들어오지 않고 호기심에 찬 눈초리로 귀를 기울이고 있었다. 그의 표정에는 뭔가 납득이 안 된다는 것 같은 기색이 떠올라 있었다.

루쥔은 특별히 어떤 사람을 향하지 않고 전체를 향해 선언하듯 말했다.

"이거 방해가 되어서 죄송합니다. 하지만 워낙 중요한 일이라서……."

그러더니 그의 눈길은 곧바로 소냐를 향했다.

"소피야 세묘노브나, 제 친구인 안드레이 세묘노비치 레베쟈트니코프의 방에 있는 제 탁자에서 제 소유의 100루블짜리 지폐가 한 장 사라졌습니다. 바로 당신이 다녀간 직후에 말입니다. 만일 지금 제게 그 지폐가 어디 있는지 말씀해주신다면 이 일은 이걸로 끝날 것입니다. 하지만 그렇지 않을 경우 저는 부득이 엄중한 조치를 취할 수밖에 없습니다."

방 안은 쥐 죽은 듯 조용해졌다. 울던 아이들조차 울음을 멈추었다. 소냐의 얼굴은 무섭게 창백해졌다. 그녀는 루쥔을 바라보고 있었지만 한마디 대답도 할 수 없었다. 도무지 무슨 이야기인지 알아듣지도 못한 것 같았다. 몇 초의 시간이 흘렀다.

"자, 어떻게 할 겁니까?" 루쥔이 재촉하듯 말했다.

"저는…… 저는…… 몰라요……." 소냐가 꺼져 들어가는 목소리로 간신히 대답했다.

"잘 모르겠다고요? 어떻게 그런 말을! 나 같은 사람이 아무런 확신도 없이 이런 말을 할 것 같습니까? 잘 생각해봐요. 오늘 나는 쓸데가 있어서 3,000루블짜리 채권을 현금으로 바꿨습니다. 안드레이 세묘노비치가 그 증인입니다. 나는 그 돈을 세기 시작해서 2,300루블까지 세어 지갑에 넣었습니다. 탁자 위에는 100루블짜리 지폐가 몇 장 있었지요. 바로 그때 아가씨가 들어왔습니다. 제가 아가씨 어머니에게 도움을 주려고 불렀던 것은 아가씨도 인정하지요?

그 이야기를 나눈 후 나는 아가씨에게 10루블짜리 지폐 한 장을 건넸습니다. 아가씨의 어머니를 위한 후원금 조였지요. 그러고 나서 나는 아가씨를 문까지 배웅했습니다. 지금도 기억하지만 아가씨는 몹시 당황하고 있었습니다.

아가씨가 간 후 자리로 돌아와 지폐를 세어보니 100루블짜리 지폐 한 장이 보이지 않았습니다. 안드레이는 절대로 의심할 필요가 없는 사람이고, 저는 계산에 아주 밝은 사람입니다. 여러 가지 점에 비추어볼 때, 즉 아가씨가 유난히 당황하고 있었다는 것, 또 아가씨가 '지금 하고 있는 일'을 고려할 때 사태는 불을 보듯 뻔했습니다.

저는 이대로 덮어둘까 생각도 했습니다. 하지만 아가씨가 저지른 배은망덕을 생각하고 가만히 있을 수 없었습니다. 망설일 필요도 없었습니다. 10루블의 희사금을 받은 직후 그런 짓을 저지르다니! 정말 나쁜 일입니다. 따끔한 맛을 보아야만 합니

제28장

다. 자, 잘 판단하길 바랍니다. 끝까지 시치미를 떼면 절대로 용서하지 않을 겁니다."

"저는 아무것도 훔치지 않았어요." 겁에 질린 소냐가 중얼거렸다. "당신이 제게 10루블을 주셨잖아요. 여기 있어요. 가져가세요."

소냐는 호주머니에 손을 넣어 손수건을 꺼내더니 손수건의 매듭을 풀었다. 그녀는 그 안에서 10루블짜리 지폐를 꺼내어 루쥔에게 내밀었다.

"아니, 100루블을 훔쳤다는 건 자백하지 않겠다는 겁니까?"

그는 10루블 지폐를 받으려고도 하지 않고 힐난하듯 말했다. 소냐는 어쩔 줄 모르고 사방을 둘러볼 뿐이었다. 루쥔은 경찰을 불러야겠으니 관리인을 불러달라고 집주인 아말리야에게 말했다. 그러자 아말리야는 "내 그럴 줄 알았지. 손버릇이 나쁜 걸 알고 있었다니까!"라고 큰 소리로 말했다.

그때였다. 카체리나가 "뭐야! 뭐라고! 이 애가 도둑질을 했다고? 이 소냐가? 이 나쁜 놈! 이 비겁한 놈!"이라고 소리치며 소냐에게 달려가더니 앙상한 팔로 그녀를 으스러지게 껴안았다. 그리고 소냐의 손에서 지폐를 낚아채어 꼬깃꼬깃 뭉치더니 루진의 얼굴을 향해 힘껏 던졌다. 그리고 루쥔을 향해 욕설을 퍼부었다.

"뭐야! 얘가 네 돈을 훔쳐? 너한테 돈을 줬으면 줬지! 이 사기꾼아! 이 멍청한 놈아! 이놈아, 어디 얘 몸을 뒤져봐! 얘는 너한테 갔다 온 후 여기 내내 앉아 있었어……. 아무 데도 간 적이 없으니 네놈 돈을 훔쳤다면 얘 몸에 있을 거 아니야! 만일 돈이 안 나오면…… 네놈은 대가를 치를걸! 내가 황제께 달려갈 거야! 난 한다면 하는 여자야! 자, 네놈이 직접 어서 뒤져보라고!"

미친 듯 흥분한 카체리나는 루쥔의 멱살을 잡아당겨 소냐 쪽으로 끌고 갔다.

그러자 루쥔이 말했다.

"뭐, 그럴 수도 있지만……. 하지만 진정하세요. 이런 건 경찰입회하에 해야 하는 거라서……. 더욱이 남자가 여자 몸을 뒤진다는 건 좀……. 물론 아말리야가 도와줄 수도 있지만……. 하지만 그런 식으로 하는 건 좀……. 이걸 어떻게 한다?"

그러자 카체리나가 고함을 질렀다. "그래, 누구든 뒤지려면 뒤져봐! 아냐, 소냐, 네가 직접 호주머니를 뒤집어 보여줘!" 그러면서 그녀는 소냐의 호주머니에 손을 넣었다.

"자, 모두들 봐! 텅 비었잖아! 자, 이번에는 그쪽 호주머니……. 내가 아예 까뒤집어 보여주지!"

그녀는 양쪽 호주머니를 아예 밖으로 잡아 뺐다. 그런데 오른쪽 호주머니에서 종잇조각 하나가 튀어나오더니 바로 루쥔의 발치에 툭 떨어졌다. 그것을 본 모든 사람들이 "어!"하고 놀랐다. 루쥔은 허리를 굽혀 그 종잇조각을 집어 들더니 꼬깃꼬깃 구겨진 것을 펼친 후 모든 사람들이 볼 수 있도록 높이 치켜들었다. 100루블짜리 지폐였다.

"도둑년! 저런 년은 당장 내쫓아야 해! 이년아! 어서 내 집에서 나가! 저런 년은 시베리아로 보내야 해!"아말리야 이바노브나가 소리치기 시작했고 사방에서 탄식 소리가 들렸다.

"아녜요! 저는 아녜요! 저는 돈을 훔치지 않았어요!"소냐는 가슴이 찢어지는 듯 절규하며 카체리나의 품으로 뛰어들었다. 카체리나는 모든 사람으로부터 그녀를 지켜주려는 듯 그녀를 꼭 껴안았다.

"소냐! 그래, 소냐! 난 안 믿어! 정말이야, 난 안 믿어!"카체리나는 소냐의 손에 수도 없이 입을 맞추며 외쳤다. "네가 돈을 훔쳐? 이 바보 같은 사람들아, 그걸 믿어? 얘는 자기는 맨발로 다닐지언정 자기 신발도 당신들에게 내줄 애야! 얘는 우리 애들이 굶어 죽을까봐 노란 딱지도 받은 애야! ……아, 여보! 저

세상에서 보고 있어요? 이게 당신 추도회예요. 아아, 제발 이 애를 보호해줘요! 당신들, 왜 그렇게 서 있기만 하는 거예요? 로지온 로마노비치! 왜 아무 말이 없는 거예요? 왜 이 애를 변호해주지 않는 거예요? 당신도 이 애를 믿지 않는 건가요? 오, 맙소사! 당신들……. 그래 당신들 모두를 합해도 이 애 새끼손가락만도 못해요! 당신들 모두…… 모두……. 오, 하느님, 이 애를 지켜주세요!"

폐병 환자 카체리나가 절망에 빠져 절규하는 모습은 모든 사람들에게 깊은 감동을 준 것 같았다. 누구나 그녀를 동정하지 않을 수 없었다. 루쥔마저도 마치 그에 감동을 받은 듯, 앞으로 나서서 한마디 했다.

"만일 소피야 세묘노브나가 가난 때문에 이런 짓을 했다면 저는 모든 것을 납득할 수 있습니다. 하지만 마드무아젤, 왜 자백하지 않았습니까? 부끄러워서 겁이 났습니까? 처음 한 짓이기 때문인가요? 아마 정신이 없었나보군요……."

그러더니 그는 좌중을 둘러보며 말했다.

"여러분, 저는 동정심에서, 그리고 이 여자의 불행을 함께 나눈다는 뜻으로 지금 이 자리에서 모든 걸 용서하고자 합니다."

이어서 그는 소냐를 보고 말했다.

제28장

**101**

"마드무아젤, 지금 받은 치욕이 당신 앞날에 교훈이 되기를! 자, 이걸로 종결짓겠습니다. 당신을 고발하지 않겠습니다."

그때였다. 갑자기 문가에서 커다란 목소리가 울렸다.

"정말 야비하다! 정말 야비해!"

루쥔은 고개를 홱 돌렸다. 안드레이 세묘노비치 레베쟈트니코프였다. 안드레이는 루쥔을 쏘아보며 다시 한번 말했다. "정말, 너무 야비하군요!"

"그게 무슨 말이지?" 루쥔이 당황한 듯 중얼거렸다.

"당신이 중상모략가라는 뜻이야. 그리고 그 모략에 나를 증인으로 내세워?"

안드레이는 격분해 있었다. 라스콜리니코프는 한마디도 놓치지 않으려는 듯 그에게서 눈을 떼지 않았다. 방 안은 쥐 죽은 듯 조용해졌다. 루쥔은 거의 얼이 빠진 것 같았다. 적어도 처음에는 그랬다.

"그게 나한테 하는 소리라면…… 도대체 무슨 소린가? …… 자네 제정신인가?"

"나야 멀쩡하지요……. 당신은, 당신은 사기꾼이요! 아, 정말이지 너무 야비해! 난 다 듣고 있었어요. 자초지종을 다 파악하려고 지금까지 기다리고 있었지……. 하긴 지금도 이해할 수 없는 게 있어……. 당신이 왜 이따위 짓을 했는지……."

"도대체 내가 무슨 짓을 했다고? 그런 헛소리 집어치워! 술 취한 거야?"

"내가 술에 취했다고? 나는 보드카는 입에 대지도 않아. 그건 내 신념에 어긋나니까."

그는 좌중을 둘러보며 말했다.

"여러분, 어떻게 된 건지 아십니까? 저 100루블은 저 사람이 소냐에게 직접 준 겁니다. 제가 똑똑히 봤습니다. 맹세합니다. 저 사람입니다! 바로 저자예요!"

그러자 루쥔이 소리를 질렀다.

"이 젖비린내 나는 애송이가 정신이 나갔나! 이 여자가 사람들 앞에서 하는 소리 못 들었나? 10루블 외에는 아무것도 받은 게 없다고! 그런데, 뭐? 내가 직접 100루블을 줬다고?"

"내가 다 봤지. 지금 당장에라도 법정에서 선서할 수 있어. 당신이 저 아가씨 호주머니에 돈을 슬쩍 찔러 넣는 걸 보았다니까! 그런데도 난 바보같이 당신이 좋은 일을 한다고 생각했다니! 어쨌든 나는 봤어. 틀림없이 봤다니까!"

루쥔은 미친 듯 격분해서 소리 질렀다.

"헛소리하지 마! 그래 내가 일부러 그 돈을 슬쩍 찔러 넣었다

제28장

**103**

고? 도대체 뭣 땜에? 뭘 하려고? 내가 저 여자하고 무슨 상관이 있다는 거야?"

"왜 그랬느냐고? 그건 나도 정말 모르겠어. 하지만 돈을 슬쩍 넣은 건 너무나 분명한 사실이야. 나도 궁금해서 이런저런 생각을 해보았어. 왜 그렇게 슬쩍 넣었을까? 혹시 내게 평소에 자신이 말하던 것과 다른 행동을 하는 게 쑥스러워 내게 감추려 한 걸까? 혹은 그녀에게 정말 깜짝 선물을 하고 싶었던 것일까? 집에 돌아간 그녀가 주머니에 100루블이 들어 있는 것을 보고 깜짝 놀라게 하고 싶었던 것일지도 몰라. 아니면 그녀가 돈을 받고 고맙다고 인사하러 오는지 아닌지 실험해보려고 한 건지도 모르지. 혹은 그야말로 자기가 자선을 베풀었다는 걸 감추고 싶었는지도 몰라. 자, 이 모든 게 내가 당신이 그녀 주머니에 돈을 넣는 것을 보았다는 증거야. 그걸 보지 않았다면 과연 이런 여러 가지 생각을 할 수 있었을까?"

그는 너무 열의를 가지고 이야기를 했기에 땀까지 줄줄 흘리고 있었다. 그의 연설은 대단한 효과를 발휘해서 모두들 그의 말을 믿는 기색이었다. 루쥔도 땀을 줄줄 흘리고 있었다. 그는 마지막 안간힘을 다해 말했다.

"그게 무슨 증거라고! 자넨 헛것을 본 거야. 아니면 거짓말을 하고 있어! 내가 자네의 자유주의 사상에 동의하지 않는다고 내게 악감정을 품은 거지?"

"어렵쇼, 이제 그렇게까지 몰고 가는군……. 자, 경찰을 불러요. 얼마든지 선서할 수 있어. 하지만 도무지 알 수 없단 말이야……. 저자가 도대체 무엇 때문에 이런 야비한 짓을 저질렀는지……."

"나는 저 사람이 왜 이런 짓을 저질렀는지 설명할 수 있습니다. 필요하다면 나도 선서할 수 있습니다." 바로 라스콜리니코프였다. 단호하고 침착한 목소리였다. 그 목소리만으로도 사람들은 문제의 핵심이 무엇인지를 그가 알고 있다고 확신할 수 있었다.

"안드레이 세묘노비치, 당신의 귀중한 증언을 듣고 모든 것이 분명해졌습니다. 여러분, 모두 제 말을 들어주십시오. 이 사람은 얼마 전에 제 누이동생에게 청혼을 했습니다."

이어서 그는 그간에 있었던 일을 이야기했고, 루쥔이 편지에서 소냐를 모함한 일, 자신이 그에게 소냐의 새끼손가락만도 못한 인간이라고 말했던 것도 이야기했다.

"자, 이제부터 제가 하는 말을 잘 들어주시기 바랍니다. 이자는 소냐를 정말 형편없는 인간으로 만들어 자신의 말이 틀리지 않았다는 것을 보여주려 했던 것입니다. 또한 제가 소냐를 제 어머니와 누이동생 곁에 앉히고 동등하게 대한 것이 얼마나 잘못된 짓인가를 증명하고 싶었던 것입니다. 그 결과 이자가 저를 공격한 것이 결국 제 누이동생을 보호하기 위해 한 짓이라는 것을 보여주려 한 것입니다. 결국, 이자는 저와 제 가족 사이를 다시 한번 이간질하려 한 것입니다. 게다가 제가 소냐의 명예와 행복을 소중히 여긴다는 것을 알고, 제게 복수하려는 마음까지 있었음은 두말할 필요가 없습니다. 이것이 이 사건의 전말이며, 다른 이유는 있을 수 없습니다."

루쥔은 말없이 라스콜리니코프의 말을 듣고 있었다. 하지만 그의 안색은 이루 말할 수 없이 창백했다. 어떻게 하면 이 자리에서 벗어날 수 있을지 궁리하는 것 같았다.

소냐는 긴장해서 듣고 있었지만 기절했다 막 깨어난 사람처럼 도대체 무슨 일인지 모르겠다는 표정을 짓고 있었다. 다만 그녀는 라스콜리니코프만이 자신의 유일한 구원자라고 느끼며 그에게서 눈길을 떼지 않고 있었다. 카체리나는 숨을 가쁘게 몰아쉬며 거의 기진맥진해 있었다.

흥분한 사람들이 루쥔을 에워쌌다. 하지만 루쥔은 겁먹은 기색이 아니었다. 소냐에게 누명을 덮어씌우려다 실패하자 그는 아예 뻔뻔스럽게 나왔다.

"잠깐, 여러분, 밀지 말고……. 자, 지나가게 해주시오……. 이러면 당신들이 더 곤란해질걸. 폭력으로 형사사건을 덮으려 하고 있으니……. 저 여자가 도둑인 건 명백한 사실이고, 나는 저 여자를 고발할 겁니다……. 법정에서는 이런 황당한 짓이 벌어질 리 없으니까……."

그는 억지로 사람들 사이를 헤치고 지나갔다. 누군가 식탁 위의 컵을 들어 그를 향해 던졌다. 그러나 컵은 아말리야 이바노브나를 정통으로 맞췄고 그녀는 비명을 내지르며 그 자리에 쓰러졌다.

루쥔은 자기 방으로 돌아갔고, 반시간 뒤에는 이미 이 집에 없었다. 천성적으로 겁이 많은 소냐도 견디다 못해 방에서 뛰쳐나가 집으로 달려갔다.

엉뚱하게 컵에 한 대 맞은 아말리야는 이 모든 소동이 카체리나 때문이라는 듯 미친 여자처럼 카체리나에게 달려들었다. 그녀는 "당장 이 집에서 나가! 당장 나가지 못해!"라고 소리치며 카체리나의 물건들을 마구 바닥에 내동댕이치기 시작했다. 카체리나가 그녀에게 달려들었지만 애당초 상대가 안 되는 싸움이었다. 아말리야는 마치 어린아이처럼 가볍게 카체리나를 밀쳐버렸다.

불쌍한 카체리나는 눈물을 글썽이며 부르짖었다.

"어떻게 이럴 수가! 우리를 중상모략한 것도 모자라서 이제 나를 욕해? 어떻게 이럴 수가! 남편 초상날 집에서 내쫓다니! 실컷 대접받고 나서 애비 없는 아이들과 함께 거리로 내쫓아? 그래, 어디로 가란 말이야! 도대체 정의는 어디로 간 거야!" 갑자기 그녀의 눈이 빛났다. "좋아! 어디 보자! 이 세상에 단 하나의 정의가 있다면, 단 하나의 진리가 있다면 내가 찾아낼 테니! 얘들아 여기 그대로 있거라. 이 세상에 진리가 있는지 어디 한번 보자!"

그녀는 아이들을 그대로 둔 채 거리로 뛰쳐나갔다. 폴렌카는 공포에 질려 두 동생을 껴안고 있었고, 아말리야는 계속 미친 듯 날뛰고 있었다. 사람들은 각자 큰 소리로 이 사건에 대해 갑론을박하고 있었다.

'이제 나도 갈 시간이군.' 라스콜리니코프는 생각했다. '그래, 소피야 세묘노브나, 당신이 무슨 말을 할 것인지 당장 들어보고 싶군.'

# 제29장

소냐의 집을 향해 가며 라스콜리니코프는 소냐와 만나 나누
게 될 이야기를 생각하고 무서운 불안감에 휩싸였다. 그는 누가
리자베타를 죽였는지 그녀에게 밝혀야만 했다. 그리고 그 고통
이 얼마나 클 것인가를 예감하고 그만둘까 하는 생각도 했다.

그가 '그래, 소피야 세묘노브나, 당신이 무슨 말을 할 것인지
당장 들어보고 싶군'이라고 생각한 순간, 그는 약간은 들떠 있
었다. 오전에 그토록 괴로운 일을 겪은 그가 소냐를 도울 수 있
게 되면서 그는 그 괴로움에서 잠시나마 빠져나올 수 있게 된
것이 기쁘기도 했다. 그리고 루쥔에 대한 승리감에 젖은 채 용
기도 얻었고 도전 욕구도 생겼다. 그런데 이상한 일이 벌어졌
다. 막상 카페르나우모프의 집에 도착하자 무력감과 고통이 엄

습해온 것이다.

'누가 리자베타를 죽였는지 꼭 말해야 할까?'라는 의문에 잠겨 그는 문 앞에서 잠시 망설였다. 기이한 의문이었다. 왜냐하면, 그것을 말할 수밖에 없다는 것, 한시도 미룰 수 없다는 것을 동시에 느꼈기 때문이었다. 왜 그렇게 느꼈는지 그는 알 수 없었다. 그는 단지 그렇게 느꼈을 따름이었고 어찌할 수 없다는 무력감이 그를 짓눌렀을 뿐이었다. 그는 더 이상 고통스러운 생각에 잠겨 있기 싫어서 문을 열어젖히고 문지방에 서서 소녀를 바라보았다. 그녀는 탁자에 팔꿈치를 괴고 두 손으로 얼굴을 감싼 채 앉아 있었지만, 라스콜리니코프를 보자 마치 기다리고 있었다는 듯 그를 맞으러 나왔다.

"당신이 안 계셨다면 저는 어떻게 됐을까요?" 그녀는 빠르게 말했다. 그 말이 하고 싶어 그를 기다린 것이 틀림없었다. 그녀는 계속 말했다.

"저는 바보처럼 거길 떠나버렸어요. 거긴 어떻게 됐어요? 가보려고 했지만……. 당신이 올 것 같아서…….."

그는 아말리야 이바노브나가 그녀의 가족들을 집에서 쫓아내려 한다고, 카체리나는 정의를 찾기 위해 밖으로 뛰쳐나갔다고 말해주었다.

"오, 맙소사! 우리 어서 가봐요." 그러면서 그녀는 외투를 집어 들었다.

침대에 앉은 라스콜리니코프는 좀 짜증스럽게 말했다.

"여전히 그 사람들 생각뿐이로군. 나랑 좀 있어줘요. 카체리나 이바노브나는 반드시 당신에게 올 거야. 여기 왔을 때 당신이 없으면 안 되잖아."

그 말을 듣고 소냐가 그의 곁에 와서 앉았다.

라스콜리니코프는 마룻바닥을 내려다보며 뭔가 곰곰이 생각하고 있었다. 그는 소냐를 쳐다보지도 않은 채 입을 열었다.

"나나 안드레이가 그 자리에 없었다면 루쥔 그자는 당신을 감옥에 처넣었겠지. 만약 당신이 감옥에라도 들어갔다면 어떻게 되는 거지? 카체리나 이바노브나와 세 아이들은? 정말 당신에게 궁금한 게 있어……. 모든 것이 당신 결단에 달려 있다면 어떻게 할 거지? 이 세상에 루쥔이 계속 살아남아 더러운 짓을 계속해야 하는지, 아니면 카체리나 이바노브나가 죽어야 할지 하는 문제가 당신에게 달려 있다면?"

소냐는 불안한 눈으로 그를 쳐다보았다.

"아아, 왜 있을 수도 없는 일을 물으세요. 어떻게 그런 게 제 결정에 달려 있을 수 있지요? 제가 어떻게 감히 하느님의 섭리를······."

"여기 하느님이 끼어든다면 어쩔 도리가 없지." 라스콜리니코프가 침울하게 말했다.

그들 사이에 잠시 침묵이 흘렀다. 그때 갑자기 그 자신도 모르게 소냐를 향한 증오심이 그의 마음에 스쳐 지나갔다. 그는 그 느낌에 스스로 놀란 듯 고개를 들어 소냐를 바라보았다. 그런데 그가 마주친 것은 근심에 잠겨 그를 바라보고 있는 그녀의 눈길이었다. 거기엔 사랑이 깃들어 있었다. 그의 증오는 환영처럼 사라졌다. 사실 그것은 증오가 아니었다. 그는 증오와는 다른 감정에 사로잡혀 있었으며, 그것을 증오로 착각했을 뿐이었다. 그것은 오로지, 그 순간이 왔음을 알리는 그런 신호였다.

그는 죽은 사람처럼 창백한 얼굴을 그녀를 향해 돌렸다. 그의 입술이 힘들게 무언가 말하려는 듯 일그러졌다. 그 모습을 보고 소냐의 가슴에 공포가 스쳐갔다.

"왜 그러세요?"

"괜찮아, 소냐. 놀랄 필요 없어······. 정말로 아무것도 아니야······."

그러더니 그는 혼잣말처럼 중얼거렸다.

"어째서 나는 이렇게 당신에게 와서 당신을 괴롭히고 있는 걸까?"

그는 그녀를 바라보며 갑자기 덧붙였다.

"소냐, 정말 왜지? 난 끊임없이 스스로에게 그걸 묻고 있어."

그는 완전히 기진맥진해 있었다.

"아아, 왜 그러세요? 정말 왜 이렇게 괴로워하시는 거예요?"

"그래, 다 바보 같은 짓이야." 갑자기 그가 입술에 약간 빈정거리는 웃음이 짧은 시간 동안 떠올랐다.

"소냐, 어제 내가 당신에게 말해주겠다고 했던 거 기억해?"

소냐는 불안한 시선으로 그의 다음 말을 기다렸다.

"내가 떠나면서, 영원히 못 만나게 될지도 모른다고 말했지? 그리고 만일 오늘 다시 오게 되면 말해주겠다고 했지……? 누가 리자베타를 죽였는지……."

그녀는 갑자기 온몸을 떨기 시작했다.

"그래서 그걸 말해주러 온 거야."

소냐의 얼굴빛이 창백해졌다.

"당신이 그걸 어떻게……."

그는 그녀를 뚫어지게 바라보며 말했다. 그의 얼굴은 일그러진 미소를 짓고 있었다.

"맞혀봐."

제29장

**113**

소녀의 몸 전체가 마치 경련이라도 일듯 떨렸다. 그녀는 어린아이 같은 미소를 짓고 더듬더듬 말했다.

"당신은 정말…… 왜 저를 그렇게…… 겁나게 하세요?"

"나는 그 사람하고 아주 친해……. 그를 잘 알고 있으니까……." 그는 그녀로부터 시선을 돌릴 힘조차 없는 듯 그녀의 얼굴을 계속 쳐다보면서 말했다. "그는…… 리자베타를 죽일 생각이 없었어……. 그는 뜻하지 않게…… 그녀를 죽인 거야……. 그는 노파를 죽이려 했어……. 노파가 혼자 있을 때……. 그래서 간 거야……. 그런데 그때 리자베타가 들어왔어……. 그래서…… 그녀도…… 죽인 거야……."

무시무시한 1분의 시간이 흘렀다. 둘은 서로를 마주 보고 있었다.

"그래도 못 맞히겠어?" 그가 높은 종탑 위에서 몸을 던지듯이 불쑥 물었다.

그녀의 얼굴이 공포로 일그러졌다. 그 순간 그는 소녀의 얼굴에서 다시 리자베타의 얼굴을 보았다. 그가 도끼를 들고 다가갔을 때 금방이라도 울음을 터뜨릴 듯 겁에 질린 어린아이 같던 그 얼굴! 지금 소녀의 얼굴이 그때 리자베타의 얼굴과 똑같았다.

“이제 알겠지?”마침내 그가 속삭이듯 말했다.

“오오, 맙소사!”무서운 비명이 그녀의 가슴으로부터 터져 나왔다. 그녀는 힘없이 침대에 쓰러져 베개에 얼굴을 묻었다. 하지만 잠시 후 그녀는 다시 몸을 일으키더니 그에게 다가가 그의 두 손을 가냘픈 손으로 으스러져라 움켜쥐고는 그를 뚫어져라 바라보았다. 그러더니 그녀는 그의 발아래 무릎을 꿇었다.

“어쩌다가! 어쩌다가 당신답지 않은 그런 짓을 하셨어요?” 그녀는 절망에 빠져 말한 후 벌떡 일어나더니 그의 목을 두 팔로 두르고 으스러져라 껴안았다. 라스콜리니코프는 몸을 빼더니 쓴웃음을 지으며 그녀를 바라보았다.

“소냐, 당신 참 이상한 여자로군. 내가…… 내가 그것을 말해주었는데도 나를 껴안아주다니……. 당신이 무슨 짓을 하고 있는지도 모르는군.”

“아녜요, 아녜요. 이 세상에서 당신보다 불행한 사람은 없어요!”그녀는 마치 헛소리를 하듯 외치더니 마치 발작이라도 일어난 듯 울음을 터뜨렸다. 그러자 그가 오랫동안 잊고 지냈던 새로운 감정이 그의 가슴에 밀려들어와 그의 마음을 부드럽게 녹여주었다. 그는 그 감정에 저항하지 않았다. 눈물방울이 그의 두 눈에 스며 나와 속눈썹에 맺혔다.

제29장

"그럼 날 버리지 않는 거야, 소냐?"

"그럼, 그럼요, 언제까지나! 어디든 당신을 따라가겠어요, 어디든! 오, 하느님……! 아, 저는 얼마나 불행한가요! 왜, 도대체 왜 당신을 좀 더 일찍 알지 못했을까요! 왜, 좀 더 일찍 오지 않으셨어요! 오, 하느님!"

"하지만 이렇게 왔잖아."

"이제야! 오, 이제 어떻게 해야 하지요……. 함께! 함께!" 그녀는 정신이 나간 듯 외치더니 다시 그를 껴안았다. "감옥에라도 따라가겠어요!"

그러자 라스콜리니코프가 갑자기 몸을 부르르 떨었다. 그의 입술에 오만하다고 할 정도로 증오에 가득 찬 웃음이 다시 떠올랐다.

"하지만 소냐, 나는 아직 감옥에 갈 마음이 없는 것 같은데……."

소냐가 그를 쳐다보았다. 그리고 마치 정신이 나간 것처럼 되뇌었다.

"어떻게 당신이…… 당신 같은 사람이…… 어떻게 그런 짓을……. 왜?"

"도둑질을 하려던 거야. 소냐, 제발 그만둬!" 라스콜리니코프가 지친 목소리로 짜증을 내며 말했다.

소냐는 얼빠진 듯 서 있다가 소리쳤다.

"배가 고팠나요? 어머니를 도우려고요? 그렇지요?"

"제발 그만둬, 소냐!"

"아아, 이게 어떻게 현실일 수가 있어요? 누가 믿을 수 있겠어요……? 자기가 가진 걸 다 내준 당신이…… 도둑질을 하려고 사람을 죽였다니……. 어떻게…… 어떻게……."

그러더니 그녀는 갑자기 놀란 듯 외쳤다.

"그렇다면 그 돈은…… 어머니에게 주신 그 돈은……."

그가 황급히 그녀의 말을 막았다.

"아니야, 소냐. 절대로 그 돈이 아니야. 그 돈은 어머니가 보내신 거야……. 내가 카체리나에게 돈을 준 바로 그날……. 라주미힌이 봤어……. 그 돈은 내 돈이야……. 진짜로 내 돈이야……."

소냐는 안간힘을 다해 그의 말에 귀를 기울였다.

"그날 나는 노파에게 돈이 있다는 생각도 안 했어. 물론 노파의 목에서 지갑을 벗겨냈지……. 하지만 열어보지도 않았어……. 그건 다른 물건들과 함께 어떤 집 마당 돌 밑에 묻었어……. 지금 전부 거기 있어……."

그녀는 지푸라기라도 잡고 싶은 심정으로 다급하게 물었다.

"그럼 왜 도둑질을 하려 했다고 말씀하셨어요?"

그는 아무렇게나 중얼거렸다.

"모르겠어……. 아직 마음도 못 정했어……. 그 돈을 가질 건지 아닌지……."

그러더니 그는 갑자기 제정신이 든 듯 소리쳤다.

"내가 무슨 소리를! 소냐, 내가 하고 싶은 말은 이거야! 내가 만일 배가 고파서 사람을 죽였다면…… 그랬다면……." 그는 말 한마디 한마디에 힘을 주면서 간절한 눈초리로 그녀를 바라보았다. "만일 그랬다면…… 나는 지금 행복할 거야……."

소냐는 그의 말을 이해할 수 없으면서도 다시 울면서 그를 껴안았다.

"아아, 내가 여기 왜 왔을까? 소냐, 당신도 나와 함께 괴로워하게 만들려고? 당신이 괴로워하는 만큼 내 고통이 덜어질 테니까? 맞아, 그럴 거야. 그런데도 당신은 이런 비열한 인간을 사랑할 수 있어? ……난 비열한 놈이고 겁쟁이야! 더욱이 우리는 인간이 달라! 도대체 나는 여기 왜 왔단 말인가!"

"아녜요, 아녜요! 오길 잘 했어요! 내가 알고 있는 게 나아요! 훨씬 나아요!"

그는 그녀를 고통스럽게 바라보았다. 그리고 작심한 듯이 말했다.

"그래, 그랬던 거야. 나는 나폴레옹이 되고 싶었어. 그래서 그 노파를 죽인 거야……. 이제 알아듣겠어?"

"아뇨." 소냐는 부끄러운 듯 순진한 어조로 말했다. "그냥…… 그냥…… 말해줘요. 제가 이해할 수 있을 거예요. 제가…… 말해줘요."

"이해하겠다고? 좋아, 어디 보지……."

그는 꽤 오랫동안 생각에 잠겼다. 이윽고 그가 말했다.

"난 오랫동안 이런 생각을 해왔어. 만일 나폴레옹이 내 처지였다면 어떻게 했을까? 그가 큰 위업을 쌓기 위해 넘어야 했던 장벽들, 그가 겪은 모험들, 이런 것 없이 그저 눈에 보이는 거라고는 돈 많고 욕심 많은 할망구밖에 없었다면 그는 어떻게 했을까? 그 할망구를 죽이는 방법밖에 없다면 어떻게 했을까? 그가 쌓은 금자탑들과는 거리가 먼 그 일을 그는 과연…… 단행했을까……? 그게 무서운 죄가 될 것 같아 몸을 사리지는 않았을까……? 나는 정말 고민을 많이 했어……. 그러다가 그런 고민에 빠져 있는 자신이 부끄러워졌어……. 나는 깨달은 거야. 나폴레옹이라면 몸을 사리기는커녕, 그게 금자탑일지 아닐지 고민조차 안 했으리라는 것을……. 만약 그 방법 외에 다른 해결책이 없었다면 그는 당장에 노파의 목을 졸라 죽였을 거야……! 그래서 나도…… 생각 따위는 집어치우고…… 죽여버렸어……. 그래, 바로 그런 일이 일어난 거야……. 소냐, 우습지? 그런 일이 일어나다니 정말 우습지?"

소냐는 전혀 우습지 않았다. 그녀는 머뭇거리면서 간신히 들릴 듯한 목소리로 부탁했다.

"조금 더 솔직하게 말씀해주세요……. 예시 같은 건 들지 마시고……."

그는 몸을 돌려 그녀를 슬픈 듯이 바라보며 그녀의 손을 잡았다.

"그래, 이번에도 당신이 옳아, 소냐. 다 바보 같은 소리지. 모두 쓸데없는 이야기야. 자, 당신도 알다시피 우리 어머니는 거의 무일푼이야. 누이동생도 그럭저럭 교육은 받았지만 돈이 없어 가정교사로 전전하는 처지야. 두 사람의 희망은 오로지 나뿐이야……. 하지만 나는? 나는 학비 때문에 휴학을 해야만 했어……. 어떻게 질질 끌다가 나중에 무슨 교사나 관리가 되겠지……. 연봉 1,000루블쯤 하는……. 그러나 그때가 되면? 어머니는 이미 근심과 걱정 끝에 바싹 야위어버리시겠지. 결국 어머니를 편안하게 해드릴 기회도 없어지는 거고……. 그리고 그사이에 누이동생에게 무슨 일이 생길지 알게 뭐야……. 나는 그때까지 기다릴 수가 없어……. 그래서 난 결심한 거야……. 노파의 돈을 수중에 넣어서 마음대로 대학에 다니자……. 대학을 졸업한 후 첫발을 내딛는 데 쓰자……. 그래…… 이게 다야……. 물론 노파를 죽인 건 잘못한 거지……. 자, 그게 다야!”

그는 겨우 말을 마치고는 기운이 다했는지 고개를 떨구었다. 그러자 소냐가 안절부절못하고 소리쳤다.

“아녜요! 그럴 리 없어요! 어떻게 그럴 수 있어요! 아녜요, 절대로 아녜요!”

“그럴 리 없다고? 난 진실을 말한 거야.”

“그게 진실이라고요! 오, 하느님!”

“나는 단지 이(蝨)를 죽인 것뿐이야, 소냐. 무익하고 더럽고 해로운 이(蝨)를!”

“사람을 갖고 이라니요.”

“그래, 이가 아니라는 건 나도 알아……. 그래, 당신 말이 옳아……. 그래, 나는 허튼소리를 한 거야……. 허튼소리를! 오래전부터 그래왔지……. 그래, 당신 말대로 그게 아니야……. 이유는 다른 데 있어! 아아, 머리가 터질 것처럼 아파!”

소냐는 그가 얼마나 괴로워하고 있는지 알 수 있었다. 그녀도 어지러웠다. 게다가 그의 이야기는 너무나 이상했다. 뭔가 이해할 수 있는 것 같기도 했지만, 그렇지만…….

'그렇지만, 대체 왜? 대체 왜? 오, 하느님!' 그녀는 절망해서 두 손을 비비 꼬았다.

라스콜리니코프는 갑자기 생각이 바뀐 듯 고개를 들더니 다시 말을 시작했다.

"아냐, 소냐, 그게 아냐! 이렇게 생각하는 게 나아……. 그래, 그게 맞아……. 나는 이기적이고 질투가 심하고 심술궂고 야비하고……. 게다가…… 발광 증세도 있어……. 내가 학비 때문에 휴학을 했다고 했지? 하지만 핑계야. 등록금은 어머니가 계속 보내주실 거고, 과외를 하거나 번역을 해서 생활비는 벌 수 있었을 거야. 내가 휴학을 한 건 학비 때문이 아니야. 순전히 내 개인 성격 때문에 휴학을 한 거야. 순전히 내 심술 때문이야.

휴학을 하고 나는 방구석에 틀어박혔어. 난 벌렁 누워서 생각하는 게 좋았어. 그래서 노상 생각만 했어……. 그리고 꿈을 꾸었지. 이상한 꿈들…… 말도 안 되는 그런 꿈들! 그때 처음으로……. 아냐, 그게 아니야……. 또 이상한 소리를 하고 있군……. 실은 나는 늘 자신에게 묻고 있던 거야. 다른 사람들이 어리석다는 것을 알고 있으면서, 그걸 확신하고 있으면서 왜 나는 그들보다 똑똑해지려고 애쓰지 않는가? 그다음에 나는 알 수 있었어. 모든 사람이 다 똑똑해지길 기다린다는 건 너무 어려운 일이다. 그런 때는 절대로 오지 않을 것이다. 인간은 절대로 변하지 않으며 누구도 개조시킬 수 없다는 것을…… 그게 그들을 지배하고 있는 법칙이야. 그래, 소냐, 그게 그들의 법칙이야.

소냐, 난 이제 알아. 영혼과 지성이 확고한 자가 그들의 주인이 될 수 있다는 걸. 많은 것을 감행하는 자만이 그들에 의해 정당성을 부여받는다는 걸. 보다 많은 것을 비웃을 수 있는 자가 그들의 입법자가 되고, 보다 더 단호한 자들만이 정당한 자가 될 수 있다는 걸. 지금까지도 그래왔고, 앞으로도 그럴 거야. 눈먼 자들만이 그걸 깨닫지 못하고 있는 거지.”

그는 소냐를 흘낏 보았다. 하지만 그는 소냐가 알아듣는지 못 알아듣는지 더 이상 신경 쓰지 않았다. 그는 열광 상태에서 말을 이었다.

“나는 그때 깨달았어, 소냐. 권력은 몸을 굽혀 그것을 줍는 자에게만 주어진다는 것을. 오로지, 과감하게, 그래 과감하게 그것을 행하는 것만으로 족해! 그때 내게 한 가지 생각이 떠올랐어. 내가 평생 한 번도 해보지 않은 생각! 나 이전에 그 누구도 결코 해본 적이 없는 생각! 그래, 그 누구도 해본 적이 없는 생각이야! 그 누구도, 이 세상 온갖 불합리한 것들 옆을 그저 스쳐 지나가기만 했을 뿐, 그것을 악마들에게 던져버리지 않았고, 앞으로도 그 누구도 그것을 감행하지 않으리라는 생각……! 나는 그것을 감행하고 싶었고…… 그래서 노파를 죽인 거야……. 소냐, 나는 감행하고 싶었던 거야……. 소냐, 그게 전부야!"

그러자 소냐가 두 손을 마주치며 외쳤다.

"제발 그만! 제발 입 다무세요! 당신은 하느님으로부터 멀어진 거고, 하느님이 당신을 벌주신 거예요! 하느님이 당신을 악마에게 넘겨주신 거예요!"

"소냐, 악마가 날 유혹했다는 건 나도 알고 있어. 그건 나 혼자 어둠 속에 있을 때 내가 다 생각했던 거고, 내가 스스로에게 속삭였던 거야……. 그래, 그것도 다 내가 알고 있는 거야! 난 속속들이 알고 있어! 그래서 그 모든 것들이 다 지겨워진 거야! 그래, 소냐, 난 모든 걸 잊고 새로 시작하고 싶었어! 그런 쓸데없는 생각들은 그만두고 싶었어.

소냐, 내가 바보처럼 무턱대고 그 일을 저질렀다고 생각하진 않겠지? 나는 똑똑한 사람인 채 그 일을 저지른 거야. 바로 그게 날 파멸시킨 거야. 당신은, 내가 스스로에게 '과연 내게 권력을 가질 권리가 있는가?'라고 묻는 순간, 내게서 이미 그런 권리가 사라진다는 것을 몰랐다고 생각해? 내가 '인간은 과연 이(蝨)에 불과한가?'라고 묻는 순간, 내게 인간은 더 이상 이(蝨)와 같은 존재일 수 없게 된다는 것을 몰랐다고 생각해? 그런 질문 없이 목표를 향해 나아가는 사람에게만 인간이 이(蝨) 같은 존재에 불과할 수 있다는 것을 몰랐다고 생각해?

내가 나폴레옹처럼 되고 싶다고 했지? 내가 그토록 몇 날을 두고 '나폴레옹이라면 과연 이런 일을 저질렀을까?' 고민하면서, 내가 결코 나폴레옹이 아니라는 것을 나는 분명히 느낀 거야. 소냐, 이런 부질없는 생각들이 주는 고통을 나는 겪은 거야. 그리고 나는 그 모든 것을 내 어깨에서 털어내고 싶었어. 그래, 소냐! 나는 모든 궤변을 털어내고, 나를 위해, 오로지 나를 위해 죽이려 한 거야. 어머니를 돕기 위해서도 아니야. 그건 너무 터무니없어. 인류에게 도움이 되려고? 말도 안 돼! 그 누구를 위한 것도 아니고 오로지 나를 위한 것이었어. 돈이 필요한 것도 아니었어. 그리고 나는 이 모든 것을 알고 있었어. 만일 돈을 원했다면 결코 살인을 저지르지 않았을 거야. 내가 다른 사람들처럼 이(蝨)에 불과한가, 아니면 인간인가를 한시바삐 알아내고 싶었어. 나는 벽을 넘어설 수 있는가, 아닌가? 내가 몸을 굽혀 권력을 집어 드는 일을 감행할 수 있는가, 아닌가? 나는 그저 떨고 있는 피조물인가, 아니면 내게 권리가⋯⋯."

"죽일 권리요? 죽일 권리를 갖고 있냐고요?" 소녀가 다시 두 손바닥을 마주치며 소리쳤다.

"이봐, 소녀. 내 말을 막지 마. 내가 하고 싶던 말은 그게 아니야. 내가 당신에게 오로지 이 한마디 말을 해주고 싶을 뿐이니까. 악마는 나를 그렇게 유혹해놓고서 '네 녀석은 거기 갈 권리가 없다. 너는 다른 사람과 마찬가지로 이(蝨)에 불과하기 때문이다'라고 설명해주더군. 악마는 날 조롱한 거야. 그래서 내가 지금 당신에게 이렇게 온 거야. 그러니 손님으로 맞아줘. 내가 이(蝨)가 아니라면 당신에게 왔겠어? 나는 단지 시험해보기 위해 노파에게 갔을 뿐이야⋯⋯. 그걸 알아줘야 해."

"그리고 그녀를 죽였어요!"

"죽여? 내가 어떻게 그녀를 죽여? 살인은 그런 식으로 하는 건가? 내가 거기에 가듯이 살인하러 가는 거란 말인가? 내가 어떻게 그곳에 갔는지 언젠가 이야기해주고 싶어⋯⋯. 내가 죽인 게 과연 노파일까? 아냐, 내가 죽인 건 나 자신이지 노파가 아니야. 그때 나는 영원히 죽음을 맞이한 거야……. 노파를 죽인 건 악마지 내가 아니야……. 그만…… 이제 됐어, 소냐…….날 좀 내버려둬!"

그는 무릎에 팔꿈치를 괴고 양 손바닥으로 머리를 쥐어짜듯 움켜쥐었다.

"오, 얼마나 고통스러울까!" 괴로운 탄식이 소냐의 입에서 터져 나왔다.

"이제 어떻게 해야 하지?" 갑자기 라스콜리니코프가 고개를 들더니 절망에 일그러진 얼굴로 그녀를 바라보며 물었다.

"어떻게 해야 하냐고요?" 그녀가 갑자기 발딱 일어나며 외쳤다. 이제까지 눈물이 그렁그렁하던 두 눈이 반짝 빛을 발하고 있었다. 그녀가 "일어나세요"라고 말하며 그의 어깨를 움켜쥐었다. 그는 어리둥절해서 그녀를 바라보며 몸을 일으켰다. 그녀가 말을 이었다.

"지금 당장 사거리로 나가세요. 가서 당신이 더럽힌 땅에 입을 맞춘 후 사람들에게 외치세요. '나는 살인을 했습니다!'라고요. 그러면 하느님께서 당신에게 새 생명을 주실 거예요. 가실 거죠?"

"감옥에 가라는 말이군. 자수하란 말이야?" 그가 침울하게 말했다.

"고난을 받아들이고 속죄해야 해요."

"소냐, 난 그럴 수 없어."

"그럼 어떻게 살아갈 거예요? 어머니와는? 다른 사람들을 다 떠나서 어떻게 살겠다는 거예요?"

"소냐, 어린애처럼 굴지 마. 소냐, 난 자수 안 해. 나는 그들에게는 죄를 짓지 않았어. 그들은 모두 사기꾼에 야비한 놈들이야. 도대체 그들을 찾아가 무슨 말을 하라는 거지? 살인을 해놓고 돈은 훔칠 용기가 나지 않아 돌 밑에 숨겼다고? 그들은 나를 한껏 비웃을 거야. 겁쟁이, 바보라고! 그들은 나를 절대로 이해할 수 없어. 소냐, 나는 절대로 안 가!"

순간 오만한 미소가 그의 입술에서 흘러나왔다. 그는 말을 이었다.

"어쩌면 내가 나 자신을 중상모략했는지도 몰라. 어쩌면 나는 아직 사람이지 이(虱)가 아닌지도 몰라. 너무 서둘러 자신을 심판했는지도 몰라……. 아직 더 싸우겠어."

"아아, 그런 고통을 어떻게 견디려고! 죽을 때까지!"

"차차 익숙해지겠지……."

소냐는 다시 울음을 터뜨렸다. 약 1분가량 시간이 흘렀다. 라스콜리니코프가 다시 입을 열었다.

"소냐, 이제 그만 울어. 심각한 이야기를 해야겠어. 내가 여기 온 건 놈들이 날 찾고 있고 날 잡으려 한다는 걸 말해주기 위해서야."

"어머!" 소냐는 겁에 질려 소리를 질렀다.

"아니 왜 그렇게 놀라는 거야? 나보고 자수하라더니……. 어쨌든 나는 굴복하지 않을 거야. 놈들에게는 증거가 없어……. 당신이 그것만 알았으면 해……. 어쩌면 감옥에 곧 갇힐지도 몰라……. 하지만 곧 풀려날 거야. 나를 계속 잡아둘 확실한 증거가 없으니까……. 내가 감옥에 가면 면회 와주겠어?"

"네, 그럼요, 그럼요."

둘은 한동안 나란히 앉아 있었다. 마치 폭풍이 지나간 텅 빈 바닷가에 단둘이 앉아 있는 것 같았다. 라스콜리니코프는 소냐를 바라보며 그녀의 사랑이 자신을 한껏 감싸고 있음을 느낄 수 있었다. 하지만 그가 그토록 사랑받고 있다는 것이 오히려 괴롭고 가슴 아프게 여겨졌다. 그렇다! 정말 이상한 느낌이었다. 그는 소냐에게 오면서 그녀에게 모든 희망을 걸었으며, 그녀가 출구라고 여겼었다. 그리고 자신의 괴로움을 조금이라도 나눌 생각이었다. 그런데 지금 그녀의 마음이 자신에게 향하고

제29장

**129**

있음을 느끼자 문득 자신이 전보다 더 불행한 존재가 된 것처럼 느껴졌다.

그가 문득 말했다.

"소냐, 내가 감옥에 가더라도 면회를 오지 않는 게 좋겠어."

그녀는 대답하지 않았다. 그녀는 울고 있었던 것이다. 몇 분이 지나갔다. 그녀가 갑자기 생각난 듯 그에게 말했다.

"당신 목에 십자가 있어요?"

그는 그녀의 그 질문을 처음에는 이해하지 못했다.

그녀가 말했다.

"여기 제게 삼나무로 된 십자가가 있어요. 이걸 드릴 테니 목에 거세요. 내겐 구리로 된 게 있어요. 리자베타의 것을 내가 가진 성상과 바꾼 거예요."

그는 무심코 십자가를 받으려다가 얼른 손을 거두어들였다.

"아니, 나중에 받는 게 좋겠어."

그녀도 선뜻 그의 말을 받아들였다.

"그래요, 당신이 속죄의 길을 갈 때 그때 거세요. 나한테 오면 걸어드릴게요. 함께 기도를 드리고 함께 가는 거예요."

그때였다. 누군가가 문을 두드렸다.

"소피야 세묘노브나 양, 들어가도 될까요?"

어딘가 귀에 익은 예의 바른 목소리였다. 소냐는 깜짝 놀라 문으로 달려가 살짝 문을 열었다. 안드레이 세묘노비치 레베쟈 트니코프의 옅은 금발머리가 열린 문틈으로 보였다.

# 제30장

안드레이는 몹시 흥분한 모습이었다.

"접니다, 소피야 세묘노브나. 죄송합니다……." 이어서 그는 라스콜리니코프를 향해 말했다.

"당신도 여기서 만날 줄 알았습니다. 아니, 뭐 꼭 그런 생각을 했다기보다는…… 그냥……."

이어서 그는 라스콜리니코프에게서 눈길을 거두고 소냐에게 황급히 말했다.

"실은 카체리나 이바노브나가 갑자기 미쳐버렸습니다."

소냐는 비명을 질렀다.

"아무래도 그런 것 같습니다……. 어쩔 줄 몰라서 이렇게 당신에게 달려온 겁니다. 식사 중이던 무슨 장군에게 달려가 막

욕을 하다 쫓겨났답니다……. 지금 사람들에게 그런 이야기를 막 하고 있는데……. 무슨 이야기인지 알아듣기가…….”

안드레이는 계속 상황을 설명하려 했지만 거의 숨도 쉬지 못한 채 그의 이야기를 듣고 있던 소녀가 망토와 모자를 집어 들고 밖으로 달려나갔다. 라스콜리니코프와 안드레이도 그 뒤를 따랐다.

가는 동안 안드레이는 카체리나 이바노브나의 상태에 대해 계속 뭐라고 말을 했지만 라스콜리니코프는 듣고 있지 않았다. 그는 자기 집 앞에 이르자 안드레이에게 고개를 한번 끄덕해 보이고는 집 안으로 들어가 자신의 방으로 들어갔다.

너무나 익숙한 방 안 풍경을 둘러보면서 그는 무서운 고독감을 느꼈다. 이제껏 단 한 번도 느껴보지 못한 종류의 고독감이었다.

“도대체 왜 그녀의 눈물을 구걸하러 갔단 말인가! 도대체 왜 그녀의 삶에 독을 부어 넣었단 말인가! 아아, 비열한 놈!”

그는 갑자기 단호하게 중얼거렸다.

“그래, 홀로 남는 거다! 감옥에 가더라도 그녀가 면회 오지 못하게 하겠다!”

그는 머릿속을 오가는 이런저런 상념에 젖어 시간 가는 줄도

제30장

모르고 있었다. 그때였다. 갑자기 문이 열렸다. 누이동생 두냐였다. 그녀는 말없이 방으로 들어와 그와 마주 보고 앉았다. 그는 그저 멍하니 그녀를 바라볼 뿐이었다.

"화내지 말아요, 오빠. 그냥 잠깐 들렀을 뿐이에요." 두냐가 말했다. 무언가 생각에 잠겨 있는 표정이었다. 그녀가 계속 말했다.

"오빠, 난 이제 모든 걸 다 알아요. 모든 걸요. 드미트리 프로코비치 라주미힌이 다 말해줬어요. 경찰이 오빠에게 더러운 혐의를 걸어 괴롭히고 있다고요……. 오빠가 공연히 두려워하며 힘들어한다고요……. 오빠, 오빠가 우리들 곁을 떠난 걸 난 이제 충분히 이해해요……. 나라도 그랬을 거예요. 어머니에게는 아무 말도 않겠어요……. 오빠가 곧 우리들 곁으로 돌아올 거라고 말하겠어요……. 어머니는 내가 안심시켜드릴 테니 오빠도 어머니를 너무 괴롭히지 말아줘요……. 한 번만이라도 와줘요……. 그리고 오빠…… 무슨 일이건 내가 필요해지면…… 설사 내 목숨이라도…… 그러면 나를 꼭 불러줘요……. 이 말을 하려고 오빠에게 온 거예요……."

그녀는 자리에서 일어나더니 문 쪽을 향해 발걸음을 떼었다.

"두냐!" 라스콜리니코프가 그녀를 불러 세웠다.

"두냐, 라주미힌은 정말 훌륭한 친구야."

두냐가 살짝 얼굴을 붉혔다.

"실천력도 있고 부지런해. 정직하고 열렬히 사랑할 줄도 아는 친구야……. 자, 안녕, 두냐."

두냐는 얼굴이 새빨개졌다. 그러다 갑자기 불안한 생각이 들었다.

"오빠, 무슨 말이에요? 영원히 이별이라도 하는 것처럼…… 무슨 유언 같은 말을 해요?"

"아니야……. 아무것도……. 자, 그럼 안녕……."

두냐는 불안한 마음으로 밖으로 나갔다. 누이동생이 나간 후 라스콜리니코프도 학생모를 집어 들고 밖으로 나왔다.

그는 정처 없이 그냥 거리를 헤매었다. 해가 지고 있었다. 그때 누군가 그를 부르는 소리가 들렸다. 안드레이였다.

"당신을 찾아다니고 있었어요. 카체리나가 아이들을 데리고 밖으로 나가버렸어요. 소피야 세묘노브나와 함께 겨우 찾아냈어요. 무슨 유랑 극단이라며 자기는 프라이팬을 두드리면서 아이들에게 춤추고 노래하라고 성화예요. 완전히 미쳤어요. 소냐도 제정신이 아니고요. 지금 다리 옆 운하 둑길에 있어요."

라스콜리니코프는 안드레이와 함께 그곳으로 갔다. 소냐의 집 근처 운하 둑길에 사람들이 새까맣게 몰려 있었다. 카체리나 이바노브나의 찢어지는 듯한 목소리가 멀리까지 들렸다.

안드레이가 말한 프라이팬은 어디다 던져버렸는지, 그녀는 손바닥을 치며 아이들에게 노래하라고 성화였고 자기가 직접 노래를 부르기도 했다. 하지만 노래는 한 소절도 이어지지 못했다. 기침이 터져 나왔기 때문이었다. 소냐는 곁에서 제발 집으로 돌아가자고 울며 애원하고 있었다.

곧이어 순경이 왔고, 사내들이 나서서 울며 발광하는 그녀를 간신히 소냐의 집으로 옮길 수 있었다. 라스콜리니코프도 그들을 도왔다. 순경이 군중들을 쫓아버렸지만 몇몇 사람들은 집까지 따라왔다. 소냐의 집주인인 카페르나우모프 가족들도 몰려들었다. 그렇게 모여 있는 사람들 사이에 갑자기 스비드리가일로프가 모습을 드러냈다. 라스콜리니코프는 그가 갑자기 어디서 나타났는지 알 수 없어 놀란 눈으로 그를 바라보았다.

겨우 정신을 차린 카체리나가 숨을 헐떡이며 소냐에게 말했다. 입술은 피에 젖어 있었다.

"아이들은 어디 있니? 폴랴, 네가 데려왔구나……. 소냐, 네가 이렇게 살고 있구나……. 한 번도 네 방에 와보지 못했는데……. 진즉에…… 와봤어야……."

카체리나는 고통스럽게 소냐를 바라보았다.

"우리가 네 피를 빨아먹은 거야……. 소냐……. 이 아이들을 맡아줘……. 난…… 이제 됐어……. 무도회는 끝났어……. 날 내버려둬……. 죽을 때만이라도 편하게 해줘……. 난 죄가 없어……. 하느님도 나를 용서해주실 거야……. 내가 얼마나 고생했는지 알고 계실 거야……. 용서해주지 않으셔도…… 할 수 없어……."

그녀가 갑자기 찢어지는 듯한 쉰 목소리로 노래를 부르기 시작했다. 이어서 눈물을 펑펑 쏟으며 통곡하기 시작했다.

"됐어! 이제 때가 된 거야."

그녀는 의식을 잃었다. 잠시 후 그녀는 다리에 경련을 일으키더니 다리를 쭉 뻗었다. 그녀는 깊디깊은 숨을 한 번 내쉬고는 그대로 숨을 거두었다.

소냐는 그녀의 시신 위에 쓰러져 마치 실신한 듯 꼼짝도 하지 못했고, 폴렌카는 어머니의 발치에 몸을 던지고는 목 놓아 울었다. 두 어린아이 콜랴와 리디야는 영문을 모르는 표정이었다가 둘이 서로를 바라보더니 갑자기 울음을 터뜨렸다.

그때였다. 스비드리가일로프가 라스콜리니코프 곁으로 다가와 은밀하게 말했다.

"로지온 로마노비치, 몇 마디 할 말이 있습니다."

라스콜리니코프는 깜짝 놀랐다. 스비드리가일로프는 라스콜리니코프를 구석진 곳으로 데리고 갔다.

"이번 장례는 모두 내가 맡아서 하겠소이다. 일전에 말했던 여분의 돈이 내게 있으니……. 애들 셋은 고아원에 넣고 각각의 아이들에게 일인당 1,500루블씩 따로 맡겨놓겠소. 애들이 성인이 되면 쓸 수 있도록……. 그리고 소피야 세묘노브나도 그 구렁텅이에서 구해내야겠소. 정말 훌륭한 아가씨니까……. 아브도치야 로마노브나에게 전해주시구려. 그녀의 돈 1만 루블을 내가 이런 식으로 썼다고 말이요."

"도대체 무슨 목적으로 이런 인심을 베푸는 거요?" 라스콜리니코프가 물었다.

"거참, 사람을 영 못 믿는 양반이로군! 그 돈은 내게 쓸모없는 돈이라고 이미 말하지 않았소? 순전히 인도적인 뜻에서 하는 행동도 받아들이지 못하겠다는 거요? 저 여자는 그 돈놀이하는 할망구처럼 이(蝨)는 아니었잖소(그는 손가락으로 고인을 가리켰다). 루쥔이 계속 살아남아 더러운 짓을 계속해야 하느냐, 아니면 저 여자가 죽어야 하느냐, 그게 문제 아니겠소? 그리고 내가 도와주지 않으면 폴렌카도 소냐와 같은 길을 걸을 수밖에 없다면?"

스비드리가일로프는 마치 자신이 한 말을 음미하듯 유쾌하고 교활한 표정을 짓고 있었다. 라스콜리니코프는 자신이 소냐에게 해준 말이 그의 입에서 나오는 것을 듣고 오싹 소름이 돋았다.

라스콜리니코프는 가까스로 숨을 돌리고 그에게 속삭이듯 물었다.

"어떻게…… 당신이 그걸……."

"내가 여기 벽 하나를 사이에 두고 바로 소냐 옆에 묵고 있소. 그녀와 나는 이웃사촌인 셈이지."

"당신이?"

스비드리가일로프는 몸이 흔들릴 정도로 웃으면서 말했다.

"친애하는 로지온 로마노비치 라스콜리니코프, 당신 정말 흥미로운 사람이더군. 내가 말하지 않았소? 우리는 친해질 거라고……. 그렇게 예언했는데 정말 그대로 되었네! 당신은 내가 얼마나 선량한 사람인지 알게 될 거요. 나와 함께 살 수 있다는 걸 알게 될 거요……."

제30장

제
6
부

# 제31장

　라스콜리니코프에게 이상한 시절이 시작되었다. 마치 안개가 그를 감싸고 고립시켜 모든 출구를 숨겨버린 것만 같았다. 게다가 가끔 의식이 흐려지기도 했으며 갑작스러운 불안과 공포에 사로잡히기도 했고 완벽한 무감각 상태에 빠지기도 했다.

　그를 특히 불안하게 만든 것은 스비드리가일로프였다. 실제로 그의 생각이 온통 그에게서 멈춰 있다고 해도 과언이 아니었다. 카체리나 이바노브나가 목숨을 거두는 순간, 소냐의 방에서 그가 분명하게 말했던 위협적인 그 말을 들은 직후부터 라스콜리니코프의 정상적인 사고의 흐름은 끊겨 있었다고 보아도 될 것 같았다.

　카체리나 이바노브나가 죽은 이후 그는 두세 번 스비드리가일로프를 만나긴 했다. 모두 그냥 아무 목적 없이 들렀던 소냐의 방에서였다. 시신은 여전히 관 속에 놓여 있었고 스비드리가일로프는 장례 일을 도맡고 있어서 매우 바빴다. 소냐도 매우 바빴다. 스비드리가일로프는 짬을 내서 라스콜리니코프에게 아이들 일은 아주 잘 해결되었다고 말했다. 재산이 있는 고아들이라서 훌륭한 시설에 넣을 수가 있었다는 것이었다.

계단 옆 입구에서 나눈 그 짧은 대화 끝에 스비드리가일로프는 라스콜리니코프의 눈을 뚫어져라 바라보더니 갑자기 목소리를 낮추어 말했다.

"로지온 로마노비치, 어쩐 일이요? 마음이 편치 않은 것 같구려. 듣고 있거나 보고 있긴 해도 그냥 멍한 것 같고……. 힘을 내요……. 언제 이야기를 나누어봅시다……. 지금은 유감스럽게도 이런저런 바쁜 일들이 많아서……." 그러더니 그는 불쑥 덧붙였다.

"그래요, 로지온 로마노비치……. 누구에게나 공기가 필요한 법이에요……. 그렇지, 공기가…… 다른 무엇보다도…… 공기가……."

라스콜리니코프는 소냐의 방 안으로 들어갔다. 방 안에서는 진혼 기도식이 열리고 있었다. 사제는 계속 "안식을 주소서, 안식을 주소서"라고 되뇌고 있었고, 라스콜리니코프는 기도식이 끝날 때까지 서 있었다. 이윽고 기도식이 끝나자 라스콜리니코프는 소녀에게 다가갔다. 그녀는 갑자기 그의 두 손을 잡고 그의 어깨에 머리를 기댔다. 느닷없는 친밀한 동작에 라스콜리니코프는 의아하다는 생각까지 들었다. 그녀에게서는 그 어떤 혐오감이나 반감을 느낄 수 없었고, 그녀의 손길도 전혀 떨리지 않았다. 그것은 극도의 모욕과도 같았다. 적어도 그는 그걸 그렇게 이해했다. 그녀는 아무 말도 하지 않았다.

그는 그녀의 손을 한번 잡아준 후 밖으로 나왔다. 마음이 몹시 무거웠다. 이 순간 어디론가 떠나 오로지 자기 홀로 지낼 수 있다면, 설사 평생 그렇게 지내더라도 위안을 얻을 수 있을 것 같았다. 그러나 문제는 그가 요즘 거의 혼자 지내고 있으면서도 결코 혼자라고 느낄 수 없다는 데 있었다. 게다가 남들로부터 멀리 떨어져 있으면 있을수록 오히려 누군가 가까이 있는 것 같은 느낌에 사로잡히곤 했다.

무언가 즉각적으로 해결해야 할 일이 남아 있는 것 같았다. 하지만 그는 그것이 무엇인지 납득할 수도 없었고, 어떤 것인지 확실하게 표현할 수도 없었다. 모든 것이 뒤죽박죽이었다.

'그래, 차라리 한바탕 싸우는 게 나아. 포르피리이건 스비드리가일로프이건……! 내게 도전을 해오든지 공격을 해왔으면……. 그래, 맞아!'라고 그는 생각했다.

그는 정처 없이 이곳저곳을 헤매다 온몸을 벌벌 떨면서 크레스토프키섬의 관목 숲에 쓰러져 잠을 잤다. 그리고 새벽에 집으로 돌아와 정신없이 잠에 빠져들었다. 그가 눈을 떴을 때는 오후 2시였다. 그날은 바로 카체리나 이바노브나의 장례식이었고, 그는 자신이 그 자리에 참석 않고 지나간 것을 다행스럽게 여겼다. 그는 나스타시야가 음식을 가져오자 게걸스럽게 먹었다. 이상하게 마음이 편했고, 요 며칠 동안 그토록 공포에 사로잡혀 있던 자신이 이상하게 생각되기도 했다.

그때 라주미힌이 문을 열고 들어섰다.

"아하! 식사 중이시군……. 그러니 병은 아니라는 거지. 난 네가 미친 건 아닌지 확인하러 온 건데……. 미치지 않았다면 어찌 두 분께 그런 행동을 할 수 있다는 거지?"

"두 사람 본 지 오래됐어?"

"방금 만나고 오는 길이야. 도대체 어딜 그렇게 싸다니는 거야? 내가 벌써 세 번째 왔었다고……. 어머니도 오셨던 거 모르지? 여기 오셨다 가신 후 몸져누우셨다고……. 열이 아주 심해. 나는 곧장 소피야 세묘노브나에게 갔어. 어머니는 그 여자가 네 여자라고 생각하고 계셔. 그런데 거기도 없더군. 이거 정말 미쳤구나, 라고 생각할 수밖에……. 그런데 이렇게 편하게 삶은 소고기를 입에 넣고 있군……. 어쨌건 넌 미치지 않았어……. 그건 확실해……. 하지만 네게 무슨 비밀이 있건 없건 난 상관 안 해! 그냥 욕이나 실컷 퍼부어주려고 온 거야."

라주미힌이 자리에서 일어났다. 그러자 라스콜리니코프가 말했다.

"그저께 누이와 네 이야기를 했어, 라주미힌."

"내 이야기를? 아니, 누이를 어디서 만났다는 거야?" 라주미힌이 나가려던 걸음을 멈추었다. 얼굴이 눈에 띄게 창백해져 있었다.

"걔가 혼자 여기 왔었어. 잠시 여기 앉아 이야기 나누었어."

"그래, 내 이야기를 나누었다고? 무슨 이야기를?"

"네가 훌륭한 사람이라고 말했어. 정직하고 부지런한 사람이라고……. 네가 그 앨 사랑한다는 말은 하지 않았어. 그 애도 알 테니까……."

"그녀가 안다고?"

"물론이지! 이봐, 라주미힌. 내가 어디로 가건, 내게 무슨 일이 일어나건 너는 두 사람의 수호자가 되어야 해. 말하자면 나는 두 사람을 자네 손에 맡기는 거야. 네가 그 애를 얼마나 사랑하는지 알고 있고, 네가 얼마나 순수한지 알기에 하는 소리야. 나는 그 애도 너를 사랑하리라는 걸 알고 있어. 어쩌면 벌써 사랑하는지도 모르지. 이제 네가 어떻게 해야 하는지는 네가 알아서 결정해. 그렇게 술이나 퍼마실 생각하지 말고……."

"내가 술 마시려 한다는 걸 어떻게 알았나? 하긴 넌 언제나 판단이 정확했지……. 그래……. 음…… 에이, 제기랄……! 그래서 어디로 떠난다는 거야? 비밀이겠지……. 좋아……. 하지만 내 기필코 그 비밀을 알아내고야 말겠어."

"그럴 필요 없어. 때가 되면 다 알게 될 거야. 어제 어떤 사람이 내게 공기가 필요하다고 말하더군. 사람에겐 공기가 필요한 법이라며……. 그 말이 무슨 뜻인지 알고 싶어 그 사람을 만나고 올 작정이야……." 라스콜리니코프의 말을 들은 라주미힌은 속으로 생각했다.

'그래, 이 친구는 분명 무슨 비밀결사 단체에 가입한 거야. 두냐도 알고 있고……. 그것 말고는 다른 게 있을 수 없어…….'

그는 힘주어 라스콜리니코프에게 말했다.

"그래, 그래서 두냐가 들른 거구나. 너는 공기가 필요해서 그 사람을 만나려 하고 있고……. 그렇다면 그 편지도……? 그래,

그 편지도 이 일과 관련이 있구나."

"편지라니? 그게 무슨 소리야?"

"어제 두냐가 어디선가 편지를 한 장 받았어. 몹시 불안해하더군. 내게 그동안 고마웠다며 어쩌면 아주 헤어질지도 모른다고 말하고는 방으로 들어가버렸어."

"걔가 편지를 받았다고?"

"그래. 넌 모르는 거야?"

두 사람은 잠시 말이 없었다. 라주미힌이 일어나며 말했다.

"자, 이제 가봐야겠다."

그는 서두르고 있었다. 그는 밖으로 나가더니 왠지 라스콜리니코프를 외면하며 말했다.

"참! 그 살인 사건 기억하겠지? 그 살인범이 밝혀졌어. 자백을 하고 증거도 모두 내놓았대. 바로 그 칠장이 중 한 명이야. 니콜라이라고 했지?"

라스콜리니코프는 흥분하지 않을 수 없었다.

"그래? 어서 설명해봐. 도대체 누구에게 들은 거야?"

"얼씨구! 왜 그리 관심을 갖지? 물론 포르피리에게 들었지."

"그래? 그가 뭐라고 했는데?"

"나중에 내가 이야기해줄게. 아주 잘 설명해줬어. 심리학적으로……. 자, 나중에 이야기하자. 그럼 잘 있어. 또 들를게."

말을 마치고 라주미힌은 밖으로 나갔다.

라주미힌이 나가자 라스콜리니코프는 좁은 방 안을 왔다 갔다 하다가 다시 소파에 앉았다. 그는 말하자면 완전히 되살아난 것 같았다. 이제 싸울 수 있게 된 것이고 출구가 마련된 셈이었다. 하지만 한 가지 문제가 있었다. 바로 스비드리가일로프였다. 그래, 스비드리가일로프가 수수께끼다. 그자가 불안하다. 그건 사실이다. 하지만 뭔가 방향이 다르다. 틀림없이 그와 싸워야 할지도 모른다. 하지만 그 싸움이 그에게 출구가 되어줄지도 모른다. 하지만 포르피리는 문제가 전혀 다르다.

그래, 포르피리가 라주미힌에게 *심리학적*으로 설명을 했다. 아니, 그가 단 한순간도 니콜라이를 범인으로 의심할 수 있었을까? 자신과 그런 대화를 하고 이른바 갈 데까지 다 갔는데……. 그 니콜라이라는 인물이 포르피리의 확신을 뿌리째 흔들어놓을 수 있었을까? 무슨 속임수가 있는 건 아닐까? 포르피리는 라주미힌의 시선을 왜 니콜라이로 돌려놓으려 한 것일까? 그래, 무슨 속셈이 있어. 게다가 그날 이후 포르피리 쪽에서 아무런 행동도 해오지 않은 채 감감무소식이지 않은가? 이건 분명 나쁜 징조다.

제31장

**149**

라스콜리니코프는 학생모를 집어 들고 방을 나섰다.

'우선 스비드리가일로프와 담판을 내야겠다'라고 그는 생각
했다.

그런데 문을 여는 순간 그는 깜짝 놀랐다. 예상치 못한 인물
과 맞닥뜨린 것이다. 바로 포르피리였다. 그런데 이상하게도 그
를 보는 순간 조금도 놀라지 않았고 공포도 거의 느끼지 않았
다. 그는 다만 몸을 움찔했을 뿐이었고 '어쩌면 이게 결말인지
도 모르지'라는 생각이 들었다.

"지나가다가 잠시 들렀습니다. 한 5분만 시간 내주실 수 있
습니까? 그저 담배 한 개비만 피우고 가겠습니다. 괜찮으시겠
지요?"

라스콜리니코프는 자신도 놀랄 정도로 태연하게, 그리고 친
절하게 포르피리에게 앉기를 권했다.

# 제32장

"이놈의 담배란 놈은 순전히 독입니다, 독! 당신은 피우면 안 됩니다. 하지만 어떻게 끊지요? 뭐로 대신하지요? 대신 난 술은 하지 않으니……. 헤헤, 로지온 로마노비치, 모든 건 상대적이지 않습니까?"

포르피리가 담배 한 대를 다 피우고 나서 입을 열었다.

'이건 또 뭐야? 낡은 수법을 여전히 쓰겠다는 건가?' 라스콜리니코프는 혐오감을 느끼며 생각했다.

"실은 그저께 저녁에도 들렀었는데……. 들러보니 방문이 활짝 열려 있더군요. 좀 둘러보고 그냥 나갔습니다. 평소에도 문을 잠가놓지 않는 모양이군요."

라스콜리니코프의 얼굴이 어두워졌다. 하지만 그는 아무 말도 하지 않았다.

"로지온 로마노비치, 난 해명하러 온 겁니다. 그렇습니다. 해명을 하러. 내가 당신에게 큰 잘못을 저지른 것 같습니다. 우린 어디까지나 신사인데……. 그런데 정말 갈 데까지 간 거지요……. 정말 무례하기 짝이 없었습니다."

'이건 또 무슨 수작이야?' 라스콜리니코프는 눈을 크게 뜨고 포르피리를 바라보며 생각했다.

"자, 좀 더 솔직하게 말씀드리기로 하지요. 정말 니콜라이가 해결해주었으니 망정이지, 우리 사이가 어디까지 갔을지 모를 정도였습니다. 그때 그 망할 놈의 직공이 칸막이 뒷방에 내내 앉아 있었으니까요. 당신도 이미 알고 있겠죠? 그때 정말이지 나는 확신하고 있었습니다. 그리고 당신 성격을 잘 알고 있었으니……. 나는 당신의 성격에 기대를 걸고 반드시 원하던 게 나타나리라고 믿고 있었습니다. 그때는 정말 당신에게 큰 희망을 걸고 있었습니다."

"그런데 지금 그 모든 걸 왜 내게 말해주는 거지요?" 라스콜리니코프는 자신도 모르게 불쑥 물었다. '이자가 정말 내가 범인이 아니라고 여기는 걸까?' 하는 생각까지 들었다.

"말씀드렸잖습니까? 해명을 하러 왔다고요. 그것이 내 신성

한 의무라고 생각했기 때문입니다. 내가 당신을 무척이나 괴롭혔지요. 하지만 나는 악당은 아닙니다. 어떻게 해서라도 내가 가슴과 양심을 지닌 인간이라는 것을 증명하고 싶을 뿐입니다.”

포르피리 페트로비치는 품위 있게 말을 마쳤다. 라스콜리니코프는 새로운 놀라움에 사로잡혔다. 포르피리가 자신을 범인으로 여기지 않을 수도 있으리라는 생각이 그를 놀라게 한 것이다.

포르피리가 다시 입을 열었다.

“그간에 있었던 일을 상세히 말할 필요는 없겠지요. 그래도 조금 설명을 해야겠습니다. 처음에는 소문이 들렸습니다. 그게 무슨 소문이었는지는 말씀드릴 필요가 없겠습니다. 어쨌든 그런 소문과 우연이 겹치면서 애당초 당신에게 혐의를 둔 것이 바로 나였습니다.

그때 내가 우연히 읽었던 논문 생각이 난 겁니다. 나는 당신의 논문을 아주 친숙한 느낌으로 읽었습니다. 젊은이의 열광에 가득 찬 논문이었지요. 젊은이의 억눌린 열광은, 긍지에 넘치는 그 열광은 위험하기도 하지요. 솔직히 말하자면 나는 그런 젊은이의 열광을 사랑합니다. 그런 열광에 의해 쓰인 습작도 사랑합니다. 그 속에는 때 묻지 않은 청춘의 긍지가 있고 절망 상태에서 오는 대담함도 있습니다. 나는 당신의 논문을 끝까지 읽고 따로 간직해두었습니다……. 그러면서 생각했습니다. '이 사람이 아무 일도 않고 그냥 지나가지는 않겠구나'라고.

하지만 그런 건 아무것도 아니지요. 이제 물증도 있고 니콜라이도 있는 마당에……. 어쨌든 물증은 물증이니까요. 아무튼 이야기를 계속하지요.

나는 생각했습니다. '이 사람은 온다. 분명 제 발로 온다.' 생각나지요? 라주미힌이 당신에게 이런저런 이야기를 지껄인 것 말입니다. 실은 제가 다 꾸민 일입니다. 그 친구 성격이 불같아서 그런 이야기를 참아내지 못하니까요. 그런데 당신이 선술집에서 자묘토프에게 대담한 이야기를 한 겁니다. 어떻게 술집에서 '내가 죽였다'고 대담하게 선언을 합니까? 너무 대담하고 너무 과감합니다. 그때 나는 이런 생각을 했지요. '이 친구가 범인이라면 이건 대단한 적수다'라고. 나는 기다렸습니다. 정말 목이 빠지게 기다렸습니다. 그리고 당신이 라주미힌과 함께 나타났습니다. 그때 우리 집에 들어서면서 들려온 당신의 웃음소리, 지금도 또렷이 기억하고 있습니다.

아, 참 당신이 그 돌에 대해 말한 것, 기억나십니까? 그 물건들을 감추어둔 돌 말입니다. 당신이 채소밭에 있다고 자묘토프에게 말했고, 내게도 말했지요. 하지만 그 모든 게 다……. 어쨌든 아무런 물증도 없었습니다. 나는 정말 괴로웠습니다. '털끝만 한 단서라도 있었으면…….'

그런데 그때 당신이 거기 가서 초인종을 눌렀다는 이야기를 들었습니다. 등골이 오싹했습니다. '이게 바로 그 단서다'라는 생각이 들었습니다. 그때 하필이면 당신이 내게 오다니…….

그런데 그 니콜라이가 나타난 겁니다. 정말 청천벽력이었습니다. 번쩍번쩍하는 화살이 날아온 겁니다. 하지만 나는 그 화살을 조금도 믿지 않았습니다. 당신이 나간 후에 니콜라이가 나도 놀랄 정도로 제법 조리 있게 설명을 했지만 나는 조금도 믿지 않았습니다. 나는 내 생각에 철석같이 집착하고 있었으니까요. 아니, 이게 무슨……. 뚱딴지같이 웬 니콜라이가!"

"라주미힌이 방금 그러더군요. 당신이 니콜라이를 의심하고 있고, 그가 범인이라고 단정을……." 라스콜리니코프는 숨이 막혀 말을 맺지 못했다. 그는 자기 자신을 속속들이 꿰뚫고 있는 사람이 스스로가 한 말을 부정하는 것을 이루 형언하기 힘든 흥분 상태에서 듣고 있었다. 라스콜리니코프는 그의 말을 믿지 않았고, 믿기도 두려웠다.

포르피리는 이제까지 입을 꾹 다물고 있던 라스콜리니코프가 입을 열자 반가운 듯 소리쳤다. "라주미힌 말입니까? 일을 제대로 처리하기 위해 옆으로 제쳐둘 필요가 있어서……. 자, 니콜라이 이야기를 좀 하지요. 얼마나 재미있는 주제인지 아십니까? 적어도 제 입장에서는 말입니다. 한마디로 그 친구는 미성년자입니다. 뭐, 나이가 어리다거나 겁쟁이라는 뜻이 아니라, 단지, 뭔가 예술가 같은 친구라는 뜻입니다. 이런 식으로 설명한다고 해서 웃지 마십시오. 정말입니다. 녀석은 너무 순진하고 감수성이 예민해서……. 진정성도 있는 데다 몽상가입니다. 노래도 잘 부르고, 춤도 잘 추고, 이야기 솜씨도 좋고……. 그런데 녀석은 분리파 교도입니다. 그리고 배군파 교도들 영향도 받은 모양입니다. 여간 열심히 믿는 게 아니어서 '고난을 당한다'는 말에 완전히 매료된 녀석입니다. 누구를 위한 것도 아니고 그냥 자신이 고난을 당해야 한다는 것입니다. 니콜라이는 바로 그 고난을 받거나 비슷한 일을 하려는 거라고 나는 믿고 있습니다. 여러 가지로 비추어 볼 때 불을 보듯 명확합니다. 잠깐만 기다리면 녀석은 곧 자신의 진술을 번복할 겁니다. 헤헤, 녀석이 어떤 부분에서는 제법 조리 있게 설명을 하다가도 어느 부분에서는 그냥 맹꽁이입니다.

　로지온 로마노비치, 이건 니콜라이 짓이 아닙니다. 이건 그런 낭만적인 사건이 아니라 바로 우리 시대의 사건입니다. 이 사건 배후에는 책상 앞의 공상이 있고 이론에 자극받은 초조한 마음이 있습니다. 이론에 따라 두 사람이나 죽었지만, 그만큼 미숙합니다. 문을 닫는 것조차 잊어버린 주제에 살인을 했거든요. 게다가 돈을 훔칠 엄두도 못 내고 그냥 묻어버렸습니다. 그리고 반쯤 정신이 나간 상태에서 그 빈집을 다시 한번 찾아갔습니다……. 또 있습니다. 살인을 저지른 뒤에도 자신을 정직한 사람이라 여기고 다른 사람들을 멸시하며 창백한 천사처럼 돌아다니고 있습니다. 아닙니다, 그건 니콜라이가 저지른 짓이 아닙니다. 친애하는 로지온 로마노비치, 그건 절대로 니콜라이가 아닙니다!"

라스콜리니코프는 무엇에 찔린 듯 온몸을 떨기 시작했다.

"그러면…… 누가…… 누가 죽었단……." 그는 더 이상 참지 못하고 묻고 말았다. 포르피리 페트로비치는 너무나 뜻밖의 질문이라는 듯 깜짝 놀란 표정을 지으며 의자 등받이에 몸을 기댔다.

"누가 죽였냐고요? 어떻게 그런 질문을?" 그는 자기 귀를 의심하는 듯 되물었다. "그거야, 당신이 죽였지요, 로지온 로마노비치!"

제32장

**157**

라스콜리니코프는 소파에서 벌떡 일어나 잠시 서 있다가 다시 자리에 앉았다. 가느다란 경련이 입술에 스쳐 지나갔다.

"또 그때처럼 입술이 떨리는군요." 포르피리의 표정에 동정심 같은 것이 보인 것 같았다. "로지온 로마노비치, 당신은 나를 잘 이해하지 못하고 있는 것 같군요. 그러니 그렇게 놀라지……. 나는 당신에게 모든 것을 말하고, 사태를 명확히 밝히기 위해 온 겁니다."

"내가 죽이지 않았어요." 라스콜리니코프가 마치 잘못을 들킨 어린아이처럼 겁먹은 목소리로 속삭였다.

"아니, 당신입니다. 당신이 아니라면 아무도 그런 짓을 저지를 수 없습니다." 포르피리가 단호하게 말했다.

두 사람은 침묵했다. 침묵은 10분 이상 계속되었다. 라스콜리니코프가 갑자기 경멸스런 표정으로 말했다.

"포르피리 페트로비치! 또다시 낡은 수법을 쓰는군요! 언제나 똑같은 수법! 지겹지도 않아요!"

"에이, 그만합시다. 수법은 무슨 수법? 여기 무슨 증인이라도 있으면 또 문제가 다르지만……. 우리 단둘뿐이잖소……. 단둘이 이야기를 나누고 있을 뿐인데……. 당신이 자백하든 말든 내게는 마찬가지예요. 자백하건 말건 간에 나는 확신하고 있으니까⋯⋯."

"그렇다면 왜 온 겁니까? 전처럼 다시 묻지요. 나를 범인으로 생각하고 있다면 왜 감옥에 처넣지 않는 겁니까?"

"허허, 무슨 질문을⋯⋯. 우선 당신을 그냥 체포하면 내게 불리하기 때문이오."

"불리하다고요? 내가 범인인 걸 확신하고 있다면서요?"

"내가 확신하고 있다고? 이건 아직 모두 내 생각에 불과해요. 그리고 왜 내가 당신을 감옥에 넣어 휴식을 취하게 해주지요? 당신 스스로 감옥에 넣어달라고 하는 판인데⋯⋯. 그게 왜 당신에게 휴식이 될 건지는 당신이 잘 알 겁니다. 내가 갖고 있는 건 심리적 확신뿐이니, 내가 아직 불리해요. 내가 여기 온 두 번째 이유는 당신에게 진심으로 호감을 갖고 있기 때문입니다. 그리고 세 번째 이유는 당신에게 자수를 권하기 위해서입니다. 그게 당신에게 제일 유리하고 내게도 유리합니다. 자, 어떻습니까? 이만하면 정말 솔직하게 말한 것 아닙니까?"

"그렇지만, 포르피리 페트로비치, 당신이 지금 잘못 생각하고 있는 거라면 어떻게 하시겠습니까?"

"아니, 그럴 리 없습니다. 내게 어떤 실마리가 하나 있습니다. 하느님이 보내주신 거지요."

"어떤 건데요?"

"그건 지금 말할 수 없습니다. 어쨌든 나는 더 이상 시간을 지체할 수 없습니다. 곧 당신을 체포할 겁니다. 조금 늦건 이르건 내겐 마찬가지입니다. 그러니 잘 판단해요. 이건 정말 당신을 위해 말하는 겁니다. 정말로 그 편이 나아요, 로지온 로마노비치!"

"아니, 설령 내가 범인이라고 치더라도(절대로 그렇다는 건 아닙니다) 내가 왜 자수해야 하지요? 당신 입으로 거기 집어넣어 휴식을 주겠다고 하는 판에……."

"허허, 내 입으로 꼭 설명을 해야 하나? 당신, 자수를 하면 감형을 받게 되어 있는 건 알고 있나요? 자, 내가 약속하지요. 당신이 정신착란 상태에서 범행을 저지른 걸로 해놓겠어요. 솔직하게 말해서 정신착란 상태였던 것도 사실이고……. 나는 정직한 인간입니다. 내 입으로 말한 건 다 지킵니다."

라스콜리니코프는 서글픈 웃음을 지으며 말했다. 온순하다고까지 말할 수 있는 웃음이었다.

"아니, 그럴 필요 전혀 없어요. 당신 덕분에 감형을 받을 생각 전혀 없어요."

그러자 포르피리가 흥분해서 자신도 모르게 외쳤다.

"내가 겁내던 게 바로 그거야! 감형 따위는 필요 없다고 할까 봐 두려워하고 있었단 말이야!"

라스콜리니코프는 서글픈 시선으로 뭔가 묻는 듯 그를 쳐다보았다. 포르피리가 말을 이었다.

"당신 앞길은 창창해요! 감형이 필요 없다니! 도대체 얼마나 살았다고! 그래, 이론 하나 생각해냈는데 그게 깨져버리고 전혀 독창적인 결과를 낳지 못해서 부끄럽다는 거로군! 참 야비한 결과가 됐다 이거로군! 사실이지! 맞는 말이야! 하지만 당신은 구제불능의 비열한 인간이 아니야! 적어도 당신은 자신을 속이지 않았어. 나는 당신이 신이나 신앙을 찾아낸다면 온갖 박해를 무릅쓰고 꿋꿋하게 서 있을 수 있는 사람으로 생각하고 있어. 그러니 어서 그런 걸 찾아 나서라고! 고난도 좋은 거니 고난을 받아들여요. 교활하게 잔머리 굴리지 말고 곧장 삶 속으로 뛰어드는 거야! 두려워할 것 없어. 어디건 두 발로 굳건히 설 수 있는 강기슭이 있을 거야.

그게 어딘지는 나도 몰라. 당신은 내가 무슨 설교집을 달달 외워서 뇌까리고 있다고 생각하겠지. 하지만 나중에 되씹어보면 다 도움이 될 거야. 당신이 그 노파만 죽인 건 그래도 다행이야. 만약 다른 이론을 생각해냈더라면 그보다 수천수만 배나

제32장

**161**

추악한 짓을 저질렀을지도 모르니⋯⋯. 여기까지 와서 뭘 겁내는 거요? 정의가 요구하는 것을 실행해야지. 당신은 당신의 삶이 이끌어줄 거야. 당신에겐 새로운 공기가 필요해요! 공기가!"

라스콜리니코프는 몸을 부르르 떨었다. 그리고 외쳤다.

"당신, 도대체 당신 자신을 뭐라고 생각하는 겁니까? 당신이 무슨 예언자라도 됩니까? 당신이 도대체 뭐라고 그렇게 높은 곳에서 잘난 예언의 말을 흘려보내는 겁니까?"

"내가 자신을 뭐로 생각하느냐고요? 다 끝난 인간으로 보고 있지. 그게 다야. 하지만 당신은 달라. 설마 당신이 다른 사람들처럼 안락한 삶을 원하는 건 아니겠지? 아주 오랫동안 아무도 당신을 보지 못하게 될지도 모르지만 그게 어떻다는 거지? 문제는 시간이 아니라 당신 자신이오. 태양이 되어야 해요. 그러면 모두들 당신을 보게 될 거야. 왜 그렇게 웃지요? 내가 꼭 아부를 하고 있는 것 같아서? 좋아요, 아부하는 건지도 모르지."

"그래, 나를 언제 체포할 겁니까?"

"글쎄요? 하루 반나절 정도? 아니면 이틀 정도 더 산책을 하게 해드리지. 잘 생각해보고 하느님께 기도해요. 그게 더 유리하다니까."

"그러다 내가 도망가면?"

"아니, 당신은 도망가지 않아. 남의 사상에 노예처럼 사로잡혀 있다면 도망갈지도 모르지. 하지만 당신은 이미 당신 자신의 이론도 믿지 않게 돼버렸는데 뭘 가지고 도망간단 말이요? 거기에는 당신에게 필요한 공기가 없어요. 설사 도망간다 해도 곧 돌아올 겁니다. 당신은 우리 없이는 아무것도 해나갈 수 없으니……. 당신은 절대로 도망가지 않아."

라스콜리니코프는 모자를 집어 들었다.

"포르피리 페트로비치, 나는 오늘 밤 당신에게 자백하지 않을 거요. 당신이 워낙 흥미로운 사람이어서 호기심에 당신 말에 귀를 기울였을 뿐이오."

"잘 알고 있어요. 그런데 아주 중요한 부탁이 한 가지 있는데……. 아주 중요한 부탁이라서……." 포르피리는 목소리를 낮추었다.

"만일의 경우에 대비해서 하는 부탁이요. 물론 당신이 절대로 그런 생각을 품을 사람이라고는 믿지 않지만……. 만에 하나 무슨 환상적인 방법으로 이 일을 끝내고 싶다는 생각이 들면……. 그러니까 스스로에게 손을 대려고 하는 마음이 든다면, ―물론 어리석기 짝이 없는 가정이지만―짧고 정확한 메모를 남겨줘요. 딱 두 줄이면 됩니다. 그리고 그 돌 이야기도 좀…….

그게 점잖은 짓이겠지요……. 자, 그럼 이만……. 잘 생각해보고 제대로 결심하기를 바라오. 그때까지 나는 아무에게도 이 이야기를 하지 않을 테니……."

포르피리는 밖으로 나갔다. 라스콜리니코프는 그가 꽤 멀리 갔으리라고 생각될 때까지 기다렸다가 집을 나섰다.

# 제33장

라스콜리니코프는 서둘러 스비드리가일로프의 집으로 향했다. 그 사내에게 무엇을 기대하고 있는 것인지 그 자신도 몰랐다. 하지만 라스콜리니코프에게는 그가 자신에게 그 무언가 이상한 힘을 발휘하고 있는 것 같았다. 그것을 의식하자 더 이상 가만히 있을 수 없었다. 이제 때가 온 것이었다.

그는 스비드리가일로프를 찾아가면서 오만 가지 생각에 사로잡혔다. 내가 지금 왜 그자를 찾아가는 걸까? 그자에게서 어떤 새로운 암시나 출구를 기대하고 있는 건 아닐까? 어떤 운명이나 본능이 자신과 그를 맺어주고 있다고 믿는 건 아닐까? 혹시 정작 찾아가야 할 사람은 따로 있는데 그를 찾아가는 건 아닐까? 도대체 자신과 그자 사이에 무슨 공통점이 있단 말인가? 그는 분명 불쾌한 인물이며 방탕한 인물인지도 모르고 교활한 사기꾼에 간악한 인간인지도 모른다. 그의 주변에 그런 소문들이 떠돌고 있지 않은가! 그가 카체리나의 아이들을 돌보고 있지만 도무지 무슨 목적으로 그러는 것인지 알 수 없었다. 어떤 무서운 속셈과 계획이 있는 것 아닐까? 그자라면 분명 그럴 것이다.

그러나 소냐에게는 갈 수 없었다. 무엇 때문에 그녀에게 간단 말인가? 또다시 그녀에게 눈물을 구걸하러? 더욱이 그는 소냐가 두려웠다. 그에게 소냐는 돌이킬 수 없는 선고였고 움직일 수 없는 결정이었다. 거기에는 그녀의 길이냐, 자신의 길이냐, 양자택일밖에 없었다. 지금은 그녀를 만날 힘이 없었다. 우선 스비드리가일로프를 만나 실험을 해봐야 하지 않을까? 그는 스비드리가일로프가 이미 오래전부터 그에게 필요한 존재였다는 것을 인정하지 않을 수 없었다.

하지만 요즘 계속 그의 머리를 떠돌고 있던 상념이 그를 괴롭혔다. 스비드리가일로프는 줄곧 그의 주변을 맴돌고 있었고 지금도 맴돌고 있다. 그리고 그는 그의 비밀을 알아냈다. 또한 스비드리가일로프는 늘 두냐를 향한 흑심을 품고 있었다. 만약 지금도 그렇다면? 그렇다. 거의 확실하다고 할 수 있었다. 그는

*여전히 흑심을 품고 있다!* 그리고 만일 그가 알게 된 비밀을 두 냐를 향한 무기로 사용한다면!

만일 그것이 사실이라면 자신은 두냐에게 모든 것을 다 털 어놓아야 한다. 그것이 두냐를 보호하는 길이다. 편지? 두냐가 오늘 무슨 편지를 받았다고 했지? 이 낯선 페테르부르크에서 그녀에게 편지를 보낼 사람이 누가 있단 말인가? 설마 루쥔일 까? 스비드리가일로프일까? 어쩌면 두냐를 지켜주기 위해 라 주미힌에게 모든 것을 다 털어놓아야 할지도 모른다.

그는 머리가 깨지는 것 같았지만 그래도 역시 스비드리가일 로프를 만나봐야 한다고 결론 맺었다.

'그래, 만약 그자가 그런 짓을 저지른다면…….. 두냐를 향해 무슨 음모를 꾸미고 있다면……. 그때는…… 그래, 그 자식을 죽여버리겠다.'

문득 정신이 든 그는 자기가 지금 어디쯤 와 있는지 주변을 둘러보았다. 그는 센나야에서 100미터 정도 떨어진 어느 대로 에 서 있었다. 왼쪽에 있는 건물 2층에는 술집들이 들어서 있 었다. 그는 자신도 모르게 스비드리가일로프의 집과는 다른 방 향으로 걸음을 옮긴 것이었다. 그는 발걸음을 돌리려 했다. 그 때 열려 있는 술집 창문을 통해 파이프를 물고 탁자에 앉아 있는 스비드리가일로프의 모습이 흘낏 보였다. 스비드리가일로프는 말없이 그를 관찰하고 있었다. 둘의 눈이 마주쳤다. 말하자면 둘 다 서로를 관찰하고 있는 셈이었다. 스비드리가일로프는 뜻밖에 라스콜리니코프와 마주친 것을 꽤나 당황해하는 눈치였다. 그러나 그는 곧 평시의 표정을 되찾고 라스콜리니코프에게 안으로 들어오라고 창문을 통해 소리쳤다. 라스콜리니코프는 계단을 통해 술집으로 올라갔다.

"당신에게 가는 길이었습니다. 그런데 어쩌다 이 길로 들어선 것인지…… 그리고 여기서 당신을 만나게 되다니…… 정말 이상하군요." 라스콜리니코프가 그를 보자 말했다.

"왜 솔직하게 말하지 않는 거요? 이건 기적이라고."

"우연 아닐까요?"

"실은 기적도 아니고 우연도 아니오. 내가 댁한테 이 술집을 가르쳐주었으니…… 여기서 나를 만날 수 있는 시간도…… 기억하시오? 두 번이나 말해주었는데……"

라스콜리니코프는 전혀 기억에 없었다. 라스콜리니코프는 만날 때마다 자신을 놀라게 하는 상대방의 얼굴을 찬찬히 살펴보았다. 그리고 어딘지 가면을 쓴 것 같다는 기괴한 느낌을 받았다. 나이에 비해 지나치게 젊어 보이는 잘생긴 얼굴이었다.

하지만 그 얼굴에는 무언가 지독하게 불쾌한 기운이 감돌고 있었다.

라스콜리니코프는 잠시 후 단도직입적으로 말했다.

"내가 여기 온 것은, 당신이 아직 내 누이에게 흑심을 품고 있다면, 또한 당신이 최근에 알게 된 사실을 그 목적을 위해 이용할 생각을 하고 있다면, 당신이 나를 감옥에 처넣기 전에 당신을 죽여버리겠다는 것을 솔직하게 말하기 위해서요. 또한 당신이 요즘 분명 내게 무언가 할 말이 있는 것 같은데, 그게 무엇인지 빨리 말해달라고 요구하기 위해서요. 자, 빨리 답을 해주시오."

"당신은 내가 늘 무슨 목적을 가지고 행동한다고 보고 날 의심하는구려. 하지만 굳이 당신의 오해를 풀어주고 싶은 생각은 없소이다. 그래봤자 공연히 정력 낭비일 뿐이니⋯⋯. 게다가 당신하고 뭐 특별히 나눌 이야기도 없소."

"그렇다면 왜 그렇게 내 뒤를 따라다닌 거요?"

"뭐, 당신이 특별해 보였으니⋯⋯. 게다가 내가 특별한 관심을 갖고 있던 분의 오빠이니⋯⋯. 뭐, 이 정도 설명으로 부족하오? 당신 질문이 너무 복잡해서 간단하게 대답하기 쉽지 않군. 게다가 당신은 그 질문만 하러 온 게 아니지? 뭔가 새로운 것을 얻을 게 있을까 해서 내게 온 거 아니요? 그렇지요? 맞지요?" 스비드리가일로프는 교활한 미소를 띠고 말했다. 그는 말을 이었다.

"한번 생각해보시구려. 내가 페테르부르크로 오는 기차 안에서 당신을 염두에 두고 있었으니……. 당신이 뭔가 내게 새로운 것을 말해주리라고, 당신한테 뭔가 빌릴 수 있으리라고 기대했으니……. 그러니, 우리 둘 다, 어지간히 지닌 게 많은 부자구려!"

"당신, 내게서 뭘 빌리겠다는 거요? 도대체 무슨 볼일로 페테르부르크에 온 거요? 당신 도대체 어떤 사람이오?"

"내가 어떤 사람이냐고요? 당신도 알지 않소? 귀족으로 기병대에서 2년간 근무했고, 그 후에 여기 페테르부르크에서 사기도박을 하며 빈둥거렸고, 그러다 마르파 페트로브나와 결혼해서 시골에 살았소. 이게 내 전부요."

"당신이 방탕한 사람이라고 하던데……."

"이런, 방탕이라니! 아니, 여자를 좋아하는 게 잘못인가? 자, 말해보시오. 내가 왜 그걸 억제해야 하오? 내가 여자를 좋아한다면 왜 여자를 단념해야 한다는 거요? 그건 최소한 내가 해야 할 일인데……."

"그렇다면 오로지 방탕한 생활을 좇아 여기에 왔다는 거요?"

"그렇다고 치더라도 그게 뭐 어쨌다는 거요? 그래요, 그런 기대도 있었소. 적어도 방탕한 생활에는 자연에 뿌리박고 있는 그 무엇, 환상에 종속되지 않는 그 무엇이 있소. 활활 타오르는 숯불 같은 거지. 핏속에서 활활 타오르면서 금방 꺼지지 않는, 몇 년이 흘러도 꺼지지 않는 그런 불꽃같은 것. 자, 그게 할 만한 일이 아니라는 거요?"

"그건 병이요. 그것도 위험한 병!"

"또 이상하게 끌고 가시는군! 좋아요, 병이라고 칩시다. 도를 넘어서는 건 다 병이니까. 그런데 이런 건 반드시 도를 넘어서게 되어 있다 이겁니다. 물론 사람 따라 다르긴 하지. 어떤 이는 비록 비겁하다고 느끼면서도 선을 지키고 참기도 하겠지. 하지만 나는? 나는 어쩔 수 없소. 나는 이게 없으면 권총 자살이라도 해야 할 판이오……. 번듯한 인간이라면 지루한 것도 참아내야 하겠지만…… 하지만 그래도……."

"당신은 자살도 할 수 있는 사람이군요."

그러자 스비드리가일로프가 얼굴에 일종의 혐오감을 드러내며 "제발 그런 말은 하지 마시오"라고 황급히 말했다. 이제까지 그의 표정과 말에서 드러났던 허세는 전혀 찾을 수 없었다. 마

제33장

**171**

치 전혀 다른 사람의 얼굴 같았다.

"내가 얼마나 약한 사람인가를 고백하게 만드는군. 하지만
어쩌겠소. 나는 죽음이 두렵소. 죽음에 대해 말하는 것조차 싫
소. 어쨌든 이제 더 이상 당신과 길게 이야기할 시간이 없소. 급
히 가봐야 할 곳이 있소."

그는 뭔가 좀 허둥대는 것 같았다. 라스콜리니코프는 자리에
서 일어났다. 그런데 갑자기 스비드리가일로프가 말했다.

"아니, 좀 더 앉아 계시오. 그러고 보니 아직 시간이 좀 더 있
군. 자, 원하신다면 어떤 여자가 나를 구원해준 이야기를 당신
에게 해주리다. 아마 당신 첫 번째 질문에 대한 답도 될 거요.
그 여자가 바로 당신 누이동생이니까……. 어떻소? 이야기해
도 되겠소?"

"얘기해봐요. 하지만 설마……."

"아아, 걱정은 마시오. 당신 누이동생 아브도치야 로마노브
나는 나처럼 추악하고 쓸모없는 인간에게도 깊은 존경심을 불
러일으키는 분이니까."

라스콜리니코프는 다시 자리를 잡고 앉았고 스비드리가일로
프는 긴 이야기를 시작했다.

"내가 마르파 페트로브나 덕분에 감옥에서 나올 수 있었던 이야기는 알고 있겠지요? 그에 대해 긴 이야기는 안 하겠소. 나는 그녀와 구두 계약을 맺었소. 첫째, 나는 절대로 그녀를 버리지 않는다. 둘째, 그녀의 허가 없이는 어디로도 여행하지 않는다. 셋째, 고정적인 정부는 갖지 않는다. 넷째, 내가 이따금 하녀를 건드리는 것은 허용하지만 그녀가 허락한다는 조건하에서이다. 다섯째, 우리와 같은 계층의 여자와 사랑하는 것은 절대로 허용하지 않는다. 여섯째, 만일 내가 그 누군가를 향해 진지한 열정에 사로잡히게 되면 반드시 그녀에게 고백해야 한다. 이게 계약의 내용이오. 그녀가 나를 믿고 여섯 번째 계약을 한 것은 나를 진지한 사랑이라고는 할 줄 모르는 난봉꾼 정도로 생각했기 때문이오.

그런데 그녀가 실수를 한 거요. 바로 당신 누이동생을 가정교사로 맞은 거지. 어쩌다 그런 절세미인을 가정교사로 맞아들이는 실수를 한 건지⋯⋯. 나는 마르파가 감수성이 풍부한 여자라서 당신 누이에게 홀딱 반해버렸다고 해석하고 있소. 나는 그녀를 보는 순간, '이거 일이 잘못되었구나'라고 금방 깨달을 수 있었소. 그래서 어떻게 했는지 아시오? 당신이 믿건 말건 나는 당신 누이에게 눈길 한번 돌리지 않기로 결심했소. 마르파가 아무리 그녀 칭찬을 해도 귓등으로 흘려버렸소. 그런데 아브도치야 로마노브나 쪽에서 첫발을 내디딘 거요. 아마 이 말을 당신은 믿을 수 없겠지.

내 짐작으로는, 아니 거의 확실한 사실이지만 마르파는 아브도치야에게 나에 관한 모든 이야기를 샅샅이 털어놓았을 거요. 그녀는 누구든 가리지 않고 집안 비밀을 샅샅이 털어놓는 여자였으니까. 그래서 아브도치야는 나에 관한 이야기를 모두 다 알게 되었을 거요. 그 어두운 비밀까지도……. 당신도 들은 게 있을 거요. 빌어먹을! 사람들 눈에는 내가 무슨 소설적인 인물처럼 보이는 모양이오. 하지만 지금은 그런 이야기는 하지 맙시다.

어쨌든 고인이 된 마르파 덕분에 아브도치야는 나에 대해 호기심을 갖게 된 거요. 아마 자연스럽게 혐오감을 가졌을 것이고 이윽고 나를, 이 가망 없는 인간을 동정하기 시작했을 거요. 한 아가씨의 마음에 동정심이 깃들게 되면 그건 그 아가씨에게 극도로 위험한 일이오. 그렇게 되면 '구해주고 싶다' '갱생시키고 싶다' '보다 고상한 목표를 갖게 하고 싶다' '새로운 삶으로 이끌 활동을 하게 해주고 싶다'는 등 온갖 망상에 잠기게 되는 법이라오.

내가 어떻게 했을 것 같소? 작은 새가 그물 속으로 날아드는 걸 알고 준비를 했소. 이거 뭐, 길게 이야기는 안 하리다. 제길, 그녀는 왜 그렇게 아름다운 건지! 그건 전혀 내 탓이 아니오. 솔직히 말하리다. 그 일은 순전히 육체적 욕망에서 시작되었소. 당신 누이가 천사 같은 여자, 순결한 여자라는 것을 나는 지금은 아주 잘 알고 있소. 하긴 병적일 정도로 순결해서 오히려 그녀에게 해가 될까봐 걱정이오. 라주미힌이라는 사람 이야기도 들었소. 아브도치야는 그런 사려 깊은 사람이 지켜주면 되오. 나는 당신 누이를 이제 잘 이해하고 있고 그걸 영광으로 여기고 있소.

이거, 이야기가 옆으로 샜군. 어쨌든 당신 누이를 향한 처음의 내 욕망은 경솔하고 어리석었소. 내가 당신 누이에게 접근하기 위해 사용한 방법은 자세히 이야기 안 하리다. 어쨌든 좋은 계기가 있어 둘이 대화를 나누기 시작했고, 은밀한 대화, 도덕적 교훈, 설교, 서약, 기도, 간청, 심지어 눈물까지 다 동원되었소. 물론 그녀가 나를 '바른 인간'으로 만들기 위해 동원한 것들이오. 그리고 나는 상대가 그 어떤 여자라도 확실히 성공을 보장해줄 수 있는 방법을 사용했소. 누구나 다 아는 '아첨'이라는 수단이 바로 그것이오. 세상에 정직보다 어려운 건 없고 아첨보다 쉬운 건 없소. 정직에 1퍼센트의 거짓만 섞여 있어도 당장 들통이 나지만 아첨은 100퍼센트 거짓이라 할지라도 언제나 상대방을 기분 좋고 흡족하게 만들어주는 법이오. 그리고 그 효과는 곧 나타났소. 세상에 그 누구도 예외가 없이 통하는 방법이니 아브도치야가 그 방법에 넘어갔다고 해서 화를 내지는 않기를 바라오. 내 장담하지만 내가 마음만 먹었다면 마르파의 전 재산을 그녀가 살아 있는 동안 몽땅 내 재산으로 만들어버릴 수도 있었을 거요. 그러니 아브도치야라고 해서 예외일 수 있겠소?

그런데 내가 어리석어서, 참을성이 없어서 일을 다 망치고 말았소. 그 아첨을 계속해야 했는데 나도 모르게 내 눈길에서 그 어떤 불길이 강하게 타오르기 시작한 거요. 그 때문에 아브도치야는 나를 경계하게 되었고, 내게 더 이상 만나지 말자고 했소. 그때 나는 또다시 멍청한 짓을 했소. 그녀의 온갖 설교와 호소를 모조리 조롱해주기 시작한 거요. 하지만 겉으로는 그러면서도 혼자 있으면 그녀의 눈길이 내 꿈속에까지 나타나기 시작했소. 그녀의 옷 스치는 소리만 들려도 참을 수가 없었소.

나는 도저히 참을 수가 없어서, 그녀가 알거지 신세라는 것을(이런 표현을 쓰는 걸 용서해주시오) 이용하기로 마음먹었소. 나는 함께 도망가자는 조건으로 내가 가진 전 재산을(당시에 나는 3만 루블까지는 마련할 수 있었소) 그녀에게 내놓기로 결심했소. 온갖 사랑의 맹세를 다 했을 거요. 내가 그녀에게 얼마나 미쳐 있었는지, 만일 그녀가 마르파를 죽이고 자기와 결혼하자고 했으면 당장 실행했을 거요. 그런데…… 이미 당신도 다 아는 사실이지만…… 마르파가 나서서 그녀와 루쥔의 결혼을 성사시켰다는 이야기를 들었을 때는……."

스비드리가일로프는 주먹으로 탁자를 쾅 하고 내리쳤다. 그의 얼굴은 시뻘겋게 변해 있었다. 라스콜리니코프가 보기에 그는 이미 취해 있는 것 같았다. 홀짝홀짝 마신 샴페인 때문이었다. 라스콜리니코프는 이 기회를 이용하기로 마음먹고 입을 열었다.

"그 이야기를 들으니 확실하게 알겠군요. 당신은 내 누이 때문에 여기 온 거지요?" 그는 스비드리가일로프를 자극하기 위해 직설적으로 말했다.

"아니, 무슨 소리를 하는 거요?" 스비드리가일로프가 갑자기 정신을 차리고 말했다. "이미 말했잖소……. 게다가 당신 누이는 나를 더 이상 견딜 수 없어 하는데……."

"그거야 확실하지만…… 지금 그게 문제가 아니잖소."

제33장

"나를 견딜 수 없어 하는 게 확실하다고?" 스비드리가일로프는 실눈을 뜨고 비웃는 듯한 미소를 지었다. "당신 말이 옳아. 그녀는 나를 사랑하지 않지. 하지만 부부간이나 연인들 사이의 일에 대해선 그렇게 장담하는 게 아니오. 거기엔 세상 그 누구도 모르는, 오직 두 사람만이 아는 그런 구석이 있기 마련이니까. 당신은 아브도치야가 나를 혐오한다고 보증할 수 있소?"

"당신 말에 비추어보건대, 당신은 여전히 두냐를 향해 흑심이나 무슨 다른 의도를 품고 있어요. 물론 야비하기 짝이 없는 의도지……."

"그건 다 쓸데없는 이야기요. 나는 한마디 말로 당신이 헛소리하고 있다는 걸 증명할 수 있어. 예를 들어 내가 결혼하려 한다는 걸 아시오?"

"전에도 그 말을 했지요."

"내가 말했나? 어쨌든 그때는 신붓감을 아직 보지 못해서 확실하지 않았소. 당신이 원한다면 당신에게도 보여주지. 레슬리히라는 여자 아시오? 알겠지. 내가 세 들어 사는 집 여주인. 그녀가 나서서 다 성사시킨 거요. 그 여자는 악당이지. 속셈이 있어서 이런 일을 성사시킨 거요. 일단 결혼한 후 내가 곧 싫증이 나서 아내를 버릴 거다, 그러면 내 아내가 그녀에게 남을 거다, 그러면 내 아내를 우리들 같은 계층 사람이나 더 높은 사람들 사이에 돌린다, 뭐 이런 속셈이지. 내가 취해서 횡설수설하는 것 같소? 몇 살이냐고? 열여섯이오. 퇴직 관리인 아버지는 몸이 약해 의자 신세만 지고 있고, 엄마는 괜찮은 여자라고 하더군. 내가 그 젊은 여자를 만나봤소. 그리고 지금은 내게 홀딱 빠져 있지. 지주에다 홀아비고, 가문도 좋고 재산도 있다고 소개를 한 데다 일이 성사되자마자 1,500루블어치 선물을 사다 안겼으니⋯⋯. 자⋯⋯ 언제 내 약혼녀에게 가봅시다⋯⋯. 지금은 아니고⋯⋯. 아아, 난 취했소⋯⋯. 어쨌건 즐겁군⋯⋯. 어쨌든 당신이나 나나 이제 가봐야겠군⋯⋯. 더 길게 이야기를 나눌 수 없어 유감이오⋯⋯. 당신은 절대로 내 손길에서 벗어날 수 없소. 좀 기다려보면 알게 될 거요⋯⋯."

스비드리가일로프는 곧바로 술집을 나왔고 라스콜리니코프도 뒤따라 나왔다. 스비드리가일로프가 말했다.

"당신은 오른쪽, 나는 왼쪽으로 가야지요. 아니면 그 반대인가요?"

스비드리가일로프는 생각만큼 취한 게 아니었다. 그는 뭔가 중요한 일에 사로잡혀 있는 듯 이맛살을 찌푸리고 있었다. 그 무언가 그를 기다리고 있는 일이 그를 흥분시키고 불안하게 만드는 것이 분명했다. 라스콜리니코프에 대한 태도도 마지막 순간에는 몹시 거칠어지고 비웃는 것 같은 모습을 보였다. 라스콜리니코프는 그의 그런 모습이 은근히 불안했다. 스비드리가일로프가 뭔가 더욱 수상쩍게 여겨졌던 것이다. 그들은 보도로 내려섰다. 스비드리가일로프는 잘 가라고 인사한 후 센나야를 향해 오른쪽으로 걸어갔다. 라스콜리니코프는 스비드리가일로프의 뒤를 밟기로 결심했다.

# 제34장

라스콜리니코프는 그의 뒤를 따르기 시작했다. 얼마 후 스비드리가일로프가 뒤를 돌아보며 소리쳤다.

"도대체 뭐 하는 거요! 당신에게 이미 말했잖아……."

"다시 말하지. 나는 당신 이야기를 듣고 이미 결론을 내렸어. 당신은 내 누이동생을 향한 음모에 사로잡혀 있어. 오다가다 신붓감을 주워서 결혼을 한다고……? 그게 사실이라 할지라도 아무 의미가 없는 거야. 나는 내 눈으로 직접 확인해야겠어."

라스콜리니코프는 자신이 원하는 게 뭔지, 확인하겠다는 게 뭔지 스스로도 잘 알 수 없었다.

스비드리가일로프가 말했다.

"정말이지, 죽은 사람도 화나게 할 재주가 있는 사람이군. 미리 말해두지만 나는 돈을 가지러 집에 잠깐 들르는 것뿐이오. 그다음에는 마차를 타고 엘라긴섬으로 가서 저녁 내내 거기 있을 거요. 그래, 거기까지 따라오겠다는 거요?"

"어쨌든 나는 당신 집으로 따라갈 거요. 아니, 정확히 말하자면 소피야 세묘노브나에게 갈 거요. 가서 장례식에 참석 못 한 걸 사과할 거요."

"맘대로 하시구려. 하지만 그녀는 집에 없소이다. 내가 아이들을 소개해준 고아원 원장 집에 아이들을 데리고 가 있소."

"상관없어요. 내가 직접 가서 확인하겠어요."

둘은 함께 길을 걸어 곧 소냐의 집 입구에 도착했다. 스비드리가일로프의 말대로 소냐는 집에 없었다. 집주인 카페르나우모프가 자신에게 열쇠를 맡기고 나갔다고, 밤늦게까지 오지 않을 것이라고 말해주었다. 스비드리가일로프가 라스콜리니코프에게 말했다.

"자, 내 말이 어떻소? 어디 함께 내 방에 올라갈까? 그러자고 했잖소? 자, 이게 내 방이요. 마담 레슬리히는 집에 없소. 자, 이제 잘 봐요. 난 이 서랍에서 채권 한 장을 꺼냈소. 아직도 이렇게 많소. 이걸 오늘 현금으로 바꿀 거요. 자, 이제 탁자 서랍을 잠갔고, 아파트 문도 잠갔고, 우리는 다시 계단에 와 있소.

그래, 마차를 세내야겠군. 나는 이 마차로 엘라긴섬으로 갈 거요. 어디, 당신도 같이 갈까? 싫다고요?"

스비드리가일로프는 벌써 마차에 앉아 있었다. 라스콜리니코프는 적어도 이 순간만큼은 자신이 잘못 의심한 것이라고 판단하고 있었다. 그는 몸을 홱 돌리더니 센나야 쪽으로 걸어가기 시작했다. 그는 모퉁이를 돌 때까지 뒤를 돌아다보지 않았다. 만일 그가 한 번이라도 뒤돌아보았다면 스비드리가일로프가 백 걸음도 가지 않아 마차 삯을 치르고 다시 보도에 서 있는 것을 볼 수 있었을 것이다. 라스콜리니코프는 평소처럼 깊은 사색에 빠져 다리 위로 올라가 깊은 강물을 바라보기 시작했다. 곁에 누가 있어도 못 알아볼 정도로 그는 깊은 상념에 빠져 있었다.

그 순간 라스콜리니코프가 있던 곳과 아주 가까운 곳에 두냐가 나타났다. 그녀는 라스콜리니코프의 모습을 보았지만 그는 상념에 빠져 주변이 눈에 들어오지 않는 것 같았다. 그때 그녀 곁으로 조심스럽게 다가오고 있는 스비드리가일로프의 모습이 보였다. 그는 두냐에게 가까이 오라는 손짓을 했다. 오빠에게 모습이 들키지 않도록 조심하라는 뜻으로 느껴졌다. 그녀는 스

제34장

**183**

비드리가일로프를 만나서 할 이야기가 있었기에 그가 하자는 대로 했다.

그녀가 가까이 오자 그가 속삭였다.

"어서 갑시다. 우리가 만나는 걸 당신 오빠가 몰랐으면 하니까…… 어떻게 된 셈인지 오빠는 내가 당신에게 보낸 편지에 대해 알고 있고, 뭔가 의심을 하고 있소. 설마 당신이 그 이야기를 한 건 아니겠고……"

두냐는 그의 말을 무시하고 말했다.

"자, 이제 모퉁이를 돌아섰어요. 오빠에게 보일 염려가 없으니 여기서 말해요. 분명히 말하지만 여기서 한 발자국도 더 움직이지 않겠어요."

"안 되오. 길에서는 절대로 할 수 없는 이야기요. 소냐도 함께 들어야만 하는 이야기이고…… 그리고 당신에게 꼭 보여줄 증거물이 내 숙소에 있소. 당신의 사랑하는 오라버니에 대한 비밀이라는 것을 절대 잊지 마시오."

두냐는 결단을 내리지 못하고 제자리에 선 채 스비드리가일로프를 뚫어져라 바라보았다.

"뭘 그리 어린아이처럼 두려워하시오? 내가 그렇게도 두렵소?" 스비드리가일로프가 억지로 관대한 미소를 지으려 애쓰

다가 오히려 일그러진 얼굴로 말했다. 그의 가슴은 두방망이질을 치고 있었고 그는 점점 더 흥분하고 있었다.

두냐가 말했다.

"당신이 파렴치하다는 것을 알고 있지만 두렵지는 않아요. 가세요."

둘은 소냐의 집 앞에 이르렀고 계단을 올랐다. 스비드리가일로프는 소냐의 방 앞에서 잠시 걸음을 멈추었다.

"아, 오늘 집에 있을 줄 알았는데 없네. 큰일이군. 하지만 곧 올 거요. 자, 여기가 내가 묵고 있는 방 두 칸이오. 문 저쪽은 집주인인 레슬리히 부인의 방인데 지금 집에 없소. 자, 중요한 증거물을 보여줄 테니 내 방을 잘 살펴보시오."

그의 방으로 들어선 두냐는 방 안을 둘러보았다. 별로 특이한 것은 눈에 띄지 않았다. 그러자 스비드리가일로프가 말했다.

"이쪽 큰 방을 보시오. 저 문 앞에 의자가 하나 있지요? 옆방에서 들리는 소리를 들으려고 갖다 놓은 의자요. 바로 저 문 뒤가 소냐의 탁자가 놓여 있는 곳이오. 저 탁자에서 당신 오빠와 소냐가 연이어 이틀 밤 나누는 이야기를 내가 들었지. 그리고 아주 중요한 것을 알아낼 수 있었지."

"당신이 저 문 앞에서 엿들었다고요? 도대체 뭘?"

제34장

**185**

"자, 앉아서 이야기합시다."

두냐가 의자에 앉자 그는 그녀로부터 2미터 정도 떨어져 있는 의자에 앉았다. 그의 눈에서는 불꽃이 번쩍이고 있었다. 외진 곳에 아무도 없이 단둘이 있다는 사실에 두냐는 새삼 놀랐다. 그녀는 여주인이라도 집에 있는지 묻고 싶었다. 하지만 결국 묻지 않았다. 자존심 때문이었다.

그녀는 가슴에 품고 있던 편지를 꺼내 탁자에 놓으며 말했다.

"자, 이게 당신이 보낸 편지예요. 아니, 당신이 거기 쓴 내용이 가당키나 한 거예요? 오빠가 범죄를 저지른 것처럼 은근히 암시하다니! 당신 편지를 받기 전에 그런 이야기를 들은 적이 있지만 나는 한마디도 안 믿어요."

"그 내용을 믿지도 않으면서 혼자서 나한테 오다니! 정말 용감한 아가씨로군! 나는 라주미힌이라도 함께 올 줄 알았는데! 정말 대담해! 모두 오빠를 보호하기 위해서였겠지. 하긴 당신은 성스러운 사람이니까…… 당신이 믿건 말건 나는 분명히 여기서 들었소. 바로 당신 오빠 입을 통해서…… 오빠는 소냐에게 모든 것을 고백했소. 당신 오빠는 살인자요. 돈놀이 노파뿐 아니라 리자베타라는 그 여동생도 죽였소…… 오빠는 이 모든 것을 소냐에게 낱낱이 고백했소."

"그럴 리가 없어요! 아무런 이유가 없어요! 아무런 동기가 없어요…… 거짓말이에요, 거짓말……!"

"그는 강도짓을 한 거요. 그게 다요! 돈과 보석을 훔친 거요. 하긴 손도 안 대고 어디 묻어두었다고 고백하긴 했지만……. 거기엔 손댈 용기도 없었던 거지."

"아니, 오빠가 도둑질을! 절대로 그럴 수 없는 사람이에요!" 두냐가 의자에서 발딱 일어나며 외쳤다. "당신, 오빠를 만났잖아요! 정말 도둑질을 할 수 있는 사람이라고 생각해요?"

"당신 질문에는 수백만 가지 대답을 할 수 있소. 수백만의 조합이 있을 수 있고……. 오빠가 소냐에게 해준 이야기대로라면 얘기가 긴데……. 간단하게 말합시다. 거기엔 어떤 이론이 있어요. 내 생각에는 주된 목적만 올바르다면 딱 한 번 악행을 저지르는 건 허용될 수 있다는 그런 이론……. 단 한 번의 악행과 수천 번의 선행! 게다가 3,000루블만 있다면 인생의 목표도, 장래도 훤히 뚫릴 텐데 그러지 못하는 현실! 굶주림과 좁아터진 셋방, 어머니와 누이동생의 처지, 이것들이 가져올 초조함을 생각해보시오. 게다가 제일 중요한 원인이 한 가지 더 있지. 바로 허영심이오. 오만과 허영심! 거기다 또 하나의 허접한 이론이 있었지. 자신은 그 법의 적용을 받지 않으면서 하찮은 사람들

제34장

**187**

에게만 적용되는 법을 만드는 사람들의 이론! 오빠는 나폴레옹에 심취되어 있소. 천재적인 사람들이 악이란 것은 염두에 두지도 않고 주저 없이 앞으로 밀고 나갔다는 사실에 끌린 거지. 오빠는 자신이 천재라고 생각했던 것 같소. 물론 고민도 많았고 지금도 고민하고 있지만 한동안 그렇게 생각했던 건 사실이오. 지금은 고민이 더 큰 것 같더군. 그 이론을 만들어내긴 했으나 주저 없이 선을 넘을 수는 없다, 따라서 자신은 천재가 아니다, 뭐 이런 생각을 하는 것 같소. 그처럼 자존심이 강한 사람에게는 견디기 힘든 일이지……. 특히 우리 시대에는……."

"그럼 양심의 가책은요? 오빠에게는 도덕적 감정도 없다는 건가요?"

"오, 아브도치야 로마노브나, 지금은 모든 것이 흔들리고 있는 시대요. 하긴, 제대로 질서 정연했던 때도 없었지만……. 아브도치야 로마노브나, 러시아 사람들은 그들의 영토만큼 광활한 생각을 하는 사람들이오. 그래서 극도로 환상적이고 무질서한 경향이 있소. 특별한 천재가 아니면서 광활한 생각을 품는다는 것은 불행이오. 언젠가 당신과 그런 이야기를 나눠본 적이 있지 않소? 게다가 당신은 나를 그런 걸로 비난하지 않았소……? 얼굴빛이 몹시 창백하군요, 아브도치야 로마노브나……."

"아아, 나는 오빠 이론을 알고 있어요. 라주미힌이 보여줬어요. 오빠가 소냐에게 고백을? 아아, 어서 소냐를 만나보고 싶어요. 그녀가 돌아와 있겠죠? 그녀 이야기를 직접……."

그녀는 말을 맺을 수 없었다. 말 그대로 숨이 막히는 듯했던 것이다.

스비드리가일로프가 말했다.

"그녀는 일찍 오지 않을 거요. 지금까지 오지 않은 걸 보면 밤중이나 되어서야……."

"아아, 당신은 거짓말을 한 거야! 난 다 알아……. 거짓말! 모든 게 다 거짓말이야……! 당신을 믿을 수 없어……." 두냐는 거의 정신이 나간 듯 흥분해 있었다. 그녀는 스비드리가일로프가 급히 갖다 댄 의자에 거의 실신하다시피 쓰러졌다.

"이봐요, 아브도치야 로마노브나, 제발 정신 차려요." 그는 그녀 얼굴에 물을 뿌렸다. 그녀가 몸을 부르르 떨면서 겨우 정신을 차렸다.

"아브도치야 로마노브나, 우리가 오빠를 구합시다. 내가 오빠를 외국으로 데리고 갈까요? 내게 돈이 있으니 쉽게 표를 구할 수 있을 겁니다. 앞으로 좋은 일을 많이 하면 과거는 다 지

제34장

**189**

워질 겁니다. 오히려 더 위대해질 수 있어요."

"악당! 당신은 악당이에요! 어서 날 내보내줘요. 오빠는 어디 있는 거예요? 아니, 이 문이 왜 잠겨 있죠? 우리가 들어온 문인데……. 언제 잠근 거예요?"

"내가 잠갔소. 이 방에서 하는 소리를 아무도 들을 수 없도록……. 그런 모습으로 어딜 가겠다는 거요? 오빠를 넘기겠다는 거요? 이미 그들이 오빠 뒤를 밟고 있소. 자, 아직 그를 구할 수 있어요. 내가 당신을 부른 건, 당신과 은밀하게 이 문제를 상의하고 싶어서요."

"어떻게 오빠를 구할 수 있다는 거지요?"

"모든 것은 당신에게 달렸어요. 오로지 당신 한 사람에게……."

두냐는 흠칫 놀라 그에게서 더 멀찌감치 떨어져 앉았다. 그 말을 하면서 스비드리가일로프 역시 온몸을 떨고 있었다.

그가 말했다.

"당신…… 당신 한마디면…… 그를 구할 수 있어요……. 내가, 바로 내가 오빠를 구하겠소……. 내게는 돈이 있고 친구들이 있소……. 즉시 오빠를 출발시키겠소. 내가 직접 여권을 두 개 구하리다……. 하나는 오빠 것, 하나는 내 것……. 어떻소,

당신과 당신 어머니 여권도 구해주겠소……. 대체 뭣 때문에 라주미힌 같은 자가 당신에게 필요한 거요? 나도 당신을 사랑하오……. 한없이 사랑하오……. 당신 옷깃에 입을 맞추게 해주시오……. 제발……. 제발……. 당신 옷자락 스치는 소리를 참고 들을 수가 없소. 내게 '이걸 해줘요'라고 말해주면 뭐든 즉시 해주리다! 아무리 불가능한 일이라도! 당신이 믿는 것을 나도 믿을 것이며 무엇이든, 무슨 짓이든 하겠소! 나를 그런 눈으로 보지 말아요. 당신이 그 시선으로 나를 죽이고 있다는 것을 아시오?"

그는 거의 헛소리를 하다시피 했다. 마치 갑자기 머리를 한 대 얻어맞아 정신이 흐려진 사람 같았다. 두냐는 벌떡 일어나서 문으로 달려가더니 "문을 열어주세요, 열어주세요!"라고 소리치며 마구 문을 흔들었다.

거의 넋이 나갔던 스비드리가일로프가 겨우 정신을 차렸다. 그의 입술은 아직 떨리고 있었지만 입가에는 조롱하는 듯한 웃음이 떠올라 있었다.

"이 집에는 아무도 없소. 집주인도 나갔으니 그렇게 소리 질러봐야 소용없소."

"이건 함정이야!" 그녀는 소리치며 방 저쪽 끝으로 달려갔다.

제34장

**191**

그리고 다른 쪽 끝에서 자신을 바라보는 사내를 뚫어지게 노려보며 동작 하나하나를 주시하고 있었다.

"지금 '함정'이라고 했지요? 그럴 수도 있겠네. 집 안에 아무도 없고 나는 당신보다 힘이 세니. 게다가 두려울 것도 전혀 없지. 당신이 나를 고소할 수도 없으니…… 설마 오빠를 넘겨주고 싶은 건 아니겠지? 게다가 누가 당신 말을 믿을까? 젊은 여자가 독신 남자의 방에 혼자 갔다? 무슨 뜻이라고 생각할까? 결국 오빠만 희생하고 아무것도 얻는 게 없겠군. 이게 함정이라는 걸 아무도 안 믿을 테니……."

"야비한 인간!"

"당신이 뭐라고 해도 좋소. 자, 나는 그냥 가정을 했을 뿐이오. 나도 당신처럼 폭행을 싫어하오. 다만 만약 당신이 자진해서 내가 말한 방법으로 오빠를 구하려 했다 하더라도, 그 방법이 조금도 당신 양심에 걸리는 게 아니라는 것을 당신에게 분명히 말해주려 했을 뿐이오. 당신은 어쩔 수 없는 상황에 굴복한 것뿐이니까. 좋아, 함정이라고 해둡시다. 자, 당신은 이제 어떻게 할 거요? 당신 오빠와 당신 어머니의 운명은 당신에게 달렸으니까……. 나? 나는 당신의 노예가 되겠소……. 평생 동안……. 자, 여기서 나는 당신 결정을 기다리겠소."

스비드리가일로프는 두냐에게서 몇 미터 떨어져 있는 소파에 앉았다. 그를 잘 알고 있는 두냐는 그의 결심이 조금도 흔들리지 않으리라는 것을 털끝만큼도 의심하지 않았다.

　　그녀는 갑자기 호주머니에서 권총을 꺼낸 다음 장전한 후 탁자 위에 올려놓았다. 스비드리가일로프는 놀라서 "얼씨구!"라고 외쳤지만 얼굴에는 심술궂은 웃음이 떠올라 있었다. "이렇다면 문제가 완전히 달라지지! 당신, 일을 아주 쉽게 만들어주는군! 그런데, 그 권총은 어디서 난 거지? 가만, 그거 내 권총이군. 한참 찾았는데……. 내가 시골에서 해준 사격 수업이 헛일은 아니었네……."

　　"네 권총이라니! 네가 죽인 마르파의 권총이야, 이 악당아! 그곳에 네 것이 단 한 가지라도 있었나? 네가 하는 짓이 수상해 보여서 그때 손에 넣어둔 거야. 한 발짝이라도 움직이면 맹세코 너를 죽이겠다!"

　　두냐는 극도로 흥분 상태였다. 그녀는 권총을 들고 쏠 자세를 취했다. 스비드리가일로프는 그 자리에 꼼짝 않고 서서 그녀에게 말했다.

　　"그럼 오빠는? 정말 궁금해서 묻는 거야……."

　　"밀고하고 싶으면 해! 꼼짝 마! 단 한 발짝도! 쏴버릴 거야!

제34장

**193**

너는 부인을 독살했어. 내가 다 알아! 너도 살인자야!"

"내가 마르파를 독살했다고 철석같이 믿고 있군!"

"그래, 너야! 네 입으로 슬쩍 말했어! 네 입으로 독약 이야기를 했다고……! 난 알아……. 네가 독약을 사러 마을에 갔던 걸……. 넌 미리 준비해두고 있었어……. 이 짐승 같은 놈!"

"설사 그 말이 사실이라 할지라도……. 그건 너 때문이었을 텐데……."

"거짓말, 난 언제나 널 증오했어……."

"어허, 아브도치야 로마노브나, 잊으신 모양이군……. 내게 열심히 설교를 하는 동안 내게 마음이 기울었던 사실을……! 당신이 거의 황홀경에 빠져 있었다는 사실을……. 나는 당신의 눈길에서 그 모든 걸 읽을 수 있었지……. 당신도 기억할걸……. 그날 저녁 교교히 비추던 달빛과 낭랑한 꾀꼬리 울음소리를!"

"거짓말! 거짓말 마! 이 사기꾼아……! 없는 말이나 지어내는 놈아!" 그녀의 눈에서 미친 듯한 분노의 불길이 일었다.

"거짓말이라고? 좋아! 거짓말이라고 해두지 뭐. 여자들이란 그런 걸 상기시키면 안 좋아하는 법이니까……. 난 당신이 방아쇠를 당기리라는 걸 잘 알고 있지……. 자, 작고 귀여운 동물,

어서 방아쇠를 당겨!"

두냐는 권총을 치켜들었다. 얼굴이 극도로 창백해진 채 입술이 바르르 떨리고 있었다. 그녀는 불꽃이 이글거리는 검은 눈으로 그를 쏘아보며 단단히 마음을 먹은 채 그가 몸을 움직이기만 기다리고 있었다. 그는 그처럼 놀라울 정도로 아름다운 그녀의 모습을 본 적이 없었다. 그녀가 권총을 들어 올리는 순간 그녀의 눈에서 튀어나온 불꽃이 그를 그대로 태워버릴 것만 같았다. 그의 심장이 저려왔다. 그는 한 발짝 앞으로 내디뎠다. 순간 총소리가 울렸다. 총알은 그의 머리칼을 스치고 지나가 뒷벽에 박혔다. 그는 멈춰 서서 조용히 웃기 시작했다.

"뭐야, 벌이 쏜 거야? 머리를 겨누었군……. 이게 뭐야……. 피로군." 그는 손수건을 꺼내어 오른쪽 관자놀이에서 흘러나오는 피를 닦았다. 총알이 두피를 스치고 지나간 것 같았다.

두냐는 권총을 내려놓고 얼떨떨한 표정으로 스비드리가일로프를 바라보고 있었다. 그녀는 자신이 무슨 짓을 했는지 자신도 모르고 있는 것 같았다.

스비드리가일로프가 다시 입을 열었다.

"이런 빗나갔군……. 어디 한 번 더 쏴보시지."

그가 한 발짝 더 앞으로 나섰다. 두냐는 다시 총을 들고 발사

망한 듯 속삭였다.

"절대로!" 두냐가 한숨을 내쉬며 말했다.

스비드리가일로프의 영혼 속에서 조용하면서도 무서운 암투의 순간이 지나갔다. 그는 뭐라 형언하기 힘든 눈길로 그녀를 바라보았다. 그는 갑자기 그녀의 허리에서 손을 빼더니 빠른 걸음으로 창가로 가서 섰다.

다시 얼마간 시간이 흘렀다.

"자, 여기 열쇠가 있소." 그는 품 안에서 열쇠를 꺼내더니 뒤를 돌아보지도 않은 채 열쇠를 탁자 위에 던졌다. "그걸 집어요. 어서 밖으로 나가요."

그는 계속 창밖을 응시하고 있었다. 두냐는 열쇠를 집으러 탁자로 갔다.

"어서! 어서!" 스비드리가일로프는 여전히 꼼짝 않고 창밖을 바라보며 말했다. "어서"라는 재촉 속에는 뭔가 무서운 여운이 울리고 있었다.

두냐는 그것을 알아채고 재빨리 열쇠를 움켜쥔 후, 문으로 다가가 문을 열고 밖으로 나갔다.

그녀가 나가자 스비드리가일로프의 얼굴에 이상한 미소가 떠올랐다. 비참하면서도 서글픈 미소, 힘없는 미소, 절망의 미소였다. 그는 두냐가 내던지고 간 권총을 집어 들고 살펴보았다. 3연발 구식 권총이었다. 안에는 아직 탄알 두 발과 뇌관 하나가 남아 있었다. 한 발은 더 쏠 수 있었다. 그는 잠시 생각에 잠겨 있다가 권총을 주머니에 쑤셔 넣은 뒤 모자를 집어 들고 밖으로 나갔다.

# 제35장

그날 밤 10시까지 스비드리가일로프는 싸구려 술집을 쏘다녔다. 그는 이곳저곳 다니면서 보이는 사람들마다 술을 샀다. 하지만 그는 술을 한 방울도 입에 대지 않았다. 밤 10시경이 되자 사방에서 먹구름이 무섭게 밀려오더니 천둥이 울리며 비가 억수같이 퍼붓기 시작했다. 그는 속옷까지 흠뻑 젖은 채 집으로 돌아와 돈을 모두 꺼냈다. 그는 돈을 호주머니에 넣은 뒤 옷도 갈아입지 않은 채 밖으로 나와, 곧장 소녀의 집으로 갔다.

소녀는 집에 있었다. 그는 소녀를 앉으라고 권한 뒤 맞은편 의자에 앉아 이야기를 시작했다.

"소피야 세묘노브나, 나는 아마 아메리카로 떠날 것 같소. 당신과 마지막으로 만나서 뭔가 처리하고 싶어서 찾아온 거요.

동생들 걱정은 말아요. 아주 좋은 곳에 맡긴 셈이니까. 그 애들에게 줄 돈도 아주 확실한 곳에 맡겨놓았소. 자, 여기 증서가 있소. 이건 당신이 잘 보관해두시오. 자, 그 문제는 끝난 걸로 합시다.

자, 여기 5퍼센트 이율의 채권이 석 장 있소. 모두 3,000루블이오. 그건 당신 몫으로 받아두시오. 한 가지 당부할 게 있소. 누구에게 어떤 이야기를 듣게 되더라도 이건 우리 둘 사이의 일로 해주시오. 절대로 그 누구에게도 이야기하면 안 되오. 이 돈은 당신에게 필요할 거요. 당신은 더 이상 이런 식으로 살면 안 되고, 또 그럴 필요도 없기 때문이요."

소냐가 황급히 말했다.

"전 이제까지 당신에게 큰 은혜를 입었어요. 아이들 일뿐 아니라 돌아가신 어머니 일까지……. 이제까지 제대로 감사도 못 드리고……. 그렇지만 이 돈은…… 정말 고맙습니다만…… 저는 필요 없어요……. 어떻게든 제 한 몸은 살아갈 수 있어요."

"소피야 세묘노브나, 이건 당신 몫이요. 제발 이런 이야기는 하지 맙시다. 게다가 나는 시간도 없소. 당신에게는 이 돈이 정말 필요할 거요. 로지온 로마노비치에게는 두 가지 길밖에 없소. 자살을 하거나 아니면 블라지미르카 가도를 따라 시베리아로 유형을 가거나⋯⋯."

순간 소냐는 깜짝 놀라 부들부들 떨면서 그를 바라보았다.

"걱정할 필요 없소. 내가 직접 그 사람에게 들어서 다 알고 있는 사실이오. 나는 입이 가벼운 사람이 아니오. 아무에게도 이야기하지 않을 거요. 그에게 자수를 하라고 당신이 말한 건 잘한 일이요. 그게 그에게 유리할 거요. 그가 시베리아로 가게 되면 당신도 따라갈 거지요? 그렇지요? 만일 그렇게 되면 그에게 돈이 필요할 거요. 그러니 당신에게 돈을 주는 건 그에게 주는 것과 마찬가지요. 게다가 당신은 카체리나가 아말리야에게 진 빚도 갚겠다고 했소. 그럴 필요 없는데⋯⋯. 당신은 너무 착해서 탈이요. 그러면 세상 살아나가기 힘든데⋯⋯. 어쨌든 아무에게도 내가 당신에게 돈을 줬다는 이야기는 하지 말아요."

그는 자리에서 일어나며 말을 마무리 지었다.

"그럼, 안녕히 계시길⋯⋯. 로지온에게 안부나 전해주시오."

소냐도 자리에서 일어났지만 아무 말도 할 수 없었다.

"자, 안녕히! 잘 지내야 해요. 오래오래 살아야 해요. 사람들이 당신을 필요로 하니까⋯⋯. 라주미힌에게도 내가 정중하게 인사를 전한다고 전해주시오."

그는 소냐를 두려움과 의혹 속에 남겨둔 채 밖으로 나갔다.

제35장

그는 그 길로 약혼녀의 집으로 갔다. 밤늦게 비에 흠뻑 젖은 채 나타난 그를 보고 놀란 약혼녀 부모에게 자신은 중요한 일이 있어 페테르부르크를 떠나야만 한다며 그는 1만 5,000루블에 해당하는 은화와 채권을 내놓았다. 그는 약혼녀의 볼에 가볍게 입을 맞춘 후 곧 돌아올 거라고 말하고는 흥분한 그들을 남겨두고 그 곁을 떠났다.

정확하게 자정 무렵, 스비드리가일로프는 소(小)네바강을 가로지르는 다리를 건너고 있었다. 다리 위에서 잠시 소(小)네바강의 검은 물결을 바라본 후 그는 다리를 건넜다. 그는 다리와 이어진 기나긴 대로를 반시간 가량 걸으면서 무엇인가를 열심히 찾았다. 전에 한번 마차를 타고 지나가다가 본 적이 있는 한적한 여관이었다. 그는 여관으로 들어가 복도 맨 끝의 좁은 구석방으로 안내를 받았다. 다른 방들이 다 차 있었던 것이다.

그는 종업원이 가져온 차와 송아지 고기를 그대로 놔둔 채 침대에 누웠다. 자리에 눕자 마치 비몽사몽간을 헤매듯 온갖 생각이 꼬리를 물고 나타났다가 사라졌다.

그러다가 갑자기 두냐를 만나기 전에 라스콜리니코프에게 자신도 모르게 했던 말이 기억났다.

'그녀를 라주미힌에게 맡기라고 했지? 라스콜리니코프 말

마따나 스스로 신경에 자극을 주려고 한 말인지도 몰라. 어쨌든 라스콜리니코프, 그 친구 꽤나 대단한 놈이야! 정말 많은 걸 겪고 짊어진 거지……. 그 말도 안 되는 생각에서 벗어날 수 있다면 더 멋진 놈이 될 수도 있을 텐데……. 그런데 지금은 너무 살고 싶어 해! 하지만 놈이 어떻게 하든 될 대로 되라지! 그게 나와 무슨 상관이야!'

그는 여전히 잠을 이룰 수 없었다. 두냐의 모습이 조금씩 눈앞에 떠오르기 시작했다. 그러다 갑자기 전율이 느껴졌다.

'아냐, 그녀 생각은 떨쳐버려야 해. 별로 아무것에도 집착하지 않았던 나 아닌가? 뭐, 그게 별로 좋은 건 아니었지만……. 그런데 아까 나는? 그녀에게 그토록 많은 약속을 늘어놓다니……. 제길, 그래도 그녀라면 나를 새사람으로 만들어놓을 수 있었을 텐데…….'

그는 이를 악물고 그녀의 모습을 떨쳐내려고 애썼다. 그런데 어김없이 또 그녀의 모습이 떠올랐다. 권총을 한 방 쏜 후 스스로 놀라 거의 죽은 사람처럼 자신을 바라보던 그 모습이었다……. 그 순간 가슴이 조여올 정도로 그녀가 불쌍하게 여겨졌던 게 생각났다.

'이런, 제길! 또 그 생각이로군! 그런 건 다 버려야 해!'

제35장

**203**

그는 서서히 혼수상태에 빠져들고 있었다. 그리고 혼수상태에서 온갖 악몽에 시달렸다. 침대 위를 기어 다니던 쥐가 옷 안으로 들어와 온몸을 기어 다니는 꿈을 꾸다 깨어나기도 했고, 강물이 넘쳐 온통 물난리가 난 꿈을 꾸기도 했다.

그가 잠에서 깨어났을 때는 이미 날이 훤히 밝아 있었다. 벌써 5시가 다 되어가고 있었다. 그는 자리에서 일어나 아직도 축축한 재킷과 외투를 걸쳤다. 그는 호주머니를 더듬어 권총을 꺼낸 뒤, 뇌관을 손보았다. 그런 후 주머니에서 수첩을 꺼내어 눈에 띄는 속지에 큼직한 글씨로 몇 자 적었다.

1분 후 그는 거리에 있었다. 두터운 안개가 거리를 뒤덮고 있었다. 그는 포장도로를 따라 소(小)네바강 쪽으로 걷기 시작했다. 거리는 텅 비어 있었다. 걷다 보니 망루가 있는 커다란 건물이 보였다. 소방서였다. 그는 그쪽을 향하여 걷기 시작했다. 닫혀 있는 문 옆에는 작은 키의 사내가 한쪽 어깨를 문에 기대고 서 있었다. 그는 회색의 병사 외투와 아킬레우스 투구를 쓰고 있었다. 그는 졸린 눈으로, 가까이 오고 있는 스비드리가일로프를 곁눈질로 바라보았다. 두 사람은 얼마 동안 아무 말 없이 서로를 살피고 있었다. 이윽고 그 사내가 스비드리가일로프를 향해 입을 열었다. 자신을 말없이 빤히 쳐다보는 그가 수상했던 것이다.

"무슨 일이요?"

"그냥, 아무 일도 아니요. 안녕하시오?"

"어서, 저 멀리 가요."

"이보쇼, 나는 아주 멀리 다른 나라로 가요."

"외국?"

"아메리카."

"아메리카?"

스비드리가일로프는 권총을 꺼내 장전했다. 아킬레우스가 눈썹을 곤두세웠다.

"이봐, 뭐 하는 짓이야! 여긴 그런 곳이 아니야!"

"아니, 왜 여기서는 안 되지?"

"여긴 그런 데가 아니라니까!"

"형씨, 뭐, 상관없어. 누가 물어보거든 내가 아메리카로 갔다고 대답하면 돼."

그는 권총을 오른쪽 관자놀이에 갖다 댔다. 아킬레우스가 눈을 치켜뜨고 몸서리를 치면서 외쳤다.

"여기선 안 된다니까! 여긴 그런 데가 아니라니까!"

스비드리가일로프는 방아쇠를 당겼다.

제35장

**205**

# 제36장

같은 날 저녁 6시쯤 라스콜리니코프는 라주미힌이 주선해준 어머니와 누이동생의 셋방으로 향하고 있었다. 층계에 이르자 그는 들어설까 말까 잠시 망설이다가 결심이 선 듯 계단을 오르기 시작했다. 그의 몰골은 말이 아니었다. 밤새도록 비를 맞아 온통 더럽혀진 데다, 옷은 갈기갈기 찢어져 거의 누더기 꼴이었다. 얼굴도 밤새 치른 자신과의 싸움 때문에 일그러질 대로 일그러져 있었다. 그는 어딘지도 모를 곳에서 밤을 꼬박 지새운 것이다. 하지만 최소한 그는 결단은 내리고 있었다.

그가 문을 두드리자 어머니가 문을 열어주었다. 두냐는 집에 없었다. 풀헤리야 알렉산드로브나는 처음에는 너무 기쁜 나머지 놀라서 입조차 떼지 못했다. 잠시 후 그녀는 아들의 손을 잡아 안으로 끌어들였다.

그녀는 눈물을 흘리며 아들에게 말했다.

"내가 이렇게 바보처럼 울고 있구나. 아니다. 나는 기뻐서 울고 있는 거란다. 세상에 옷이 왜 이렇게 더러워졌니? 아냐, 내가 바보처럼 또 이렇게 캐묻고 있구나. 네게는 아무도 알 수 없는 어떤 일도 있고 계획도 있는데……. 로쟈, 잡지에 실린 네 논문을 벌써 세 번이나 읽었단다……. 난 네가 큰사람이 되리라는 걸 알았어……. 물론 이해 못하는 게 많지만……."

어머니는 계속 자신이 정말 어리석었다고, 자기 아들이 마음만 먹으면 모든 것을 한꺼번에 손에 넣을 수 있는 사람이라는 것을, 얼마나 중요한 일에 몰두해 있는지를 이제야 알았다고 쉬지 않고 말을 쏟아냈다.

라스콜리니코프가 틈을 봐서 어머니에게 물었다.

"두냐는 집에 없어요, 어머니?"

"없단다. 나를 혼자 놔두고 집을 자주 비우는구나. 그렇다고 걔를 원망하는 건 아니야. 무슨 비밀이 생긴 모양인데……. 아무튼 네가 지금 이렇게 왔는데 그 애가 없다니……. 얘, 로쟈, 가끔은 이렇게 어미를 찾아와 주려무나. 참, 내 정신 좀 봐! 커피 좀 마시겠니?"

"어머니, 그 때문에 온 게 아니에요. 전 곧 갈 거예요. 제 얘기 좀 들어주실래요?"

풀헤리야는 머뭇거리며 그에게 다가갔다.

"어머니, 무슨 일이 있더라도, 저에 대해 무슨 이야기를 듣게 되더라도 지금처럼 저를 사랑해주시겠어요?" 그는 갑자기 가슴이 벅차올라, 자신이 무슨 말을 하는지 생각해볼 겨를도 없이 입에서 나오는 대로 어머니에게 말했다.

"로쟈, 왜 그러니? 왜 그런 걸 묻는 거니? 도대체 누가 감히 너에 대해 이러쿵저러쿵한다는 거니? 그게 무슨 이야기이든 난 믿지 않을 거다. 그냥 쫓아버릴 거다."

"어머니, 저는 제가 어머니를 언제나 사랑한다는 것을 다짐해드리기 위해서 왔어요. 두냐가 없어서 더 잘 됐어요. 어머니와 단둘이 있을 때 이런 말을 할 수 있어서……. 제가 냉혹한 인간이어서 어머니를 사랑하지 않는다고 생각하셨지요? 그건 사실이 아니에요……. 전, 어머니를 영원히 사랑할 거예요……. 자, 됐어요. 이 말씀은 꼭 드려야 한다고 생각했어요……. 이것부터 시작해야 한다고 생각했어요."

풀헤리야는 아들을 품에 꼭 껴안으며 말했다.

"네게 무슨 일이 있는지 모르지만, 뭔가 큰 슬픔이 놓여 있다는 걸 나도 알고 있단다. 어젯밤에 두냐도 밤새도록 너에 대한 헛소리만 했어. 뭔가 듣기는 했지만 무슨 소리인지 알 수가 있어야지……. 그래, 로쟈! 뭘 하려는 거니? 어딘가로 떠나려는 거니?"

"네."

"그럴 것 같았다. 네가 필요로 한다면 나도 갈 수 있어. 두냐도 너를 사랑하니까 함께 갈 수 있을 거야. 그리고, 그 아가씨…… 소피야 세묘노브나도 우리랑 함께 가게 하자꾸나……. 나는 그 애를 딸처럼 여길 거야……. 라주미힌이 떠날 준비를 도와줄 거야……. 하지만 대체…… 어디로 가는 거니?"

"안녕, 어머니!"

"뭐라고! 바로 오늘 간다고!" 그녀는 마치 아들을 영원히 잃어버릴 것처럼 외쳤다.

"어쩔 수 없어요……. 시간이…… 정말로……."

"나와 함께 갈 수 없다는 거니?"

"안 돼요. 무릎 꿇고 저를 위해 하느님께 기도해주세요. 어머니 기도라면 들어주실 테니까요."

그렇다, 그는 기뻤다. 아무도 없이 어머니와 단둘이 있는 것이 기뻤다. 이 무서운 사건이 일어난 이래 처음으로 그는 마음

제36장

**209**

으로 감동을 느꼈다. 그는 어머니 앞에 쓰러져 발에 입을 맞추었다. 그리고 두 사람은 서로 끌어안고 울었다.

이미 오래전부터 아들에게 무언가 무서운 일이 일어나고 있음을 예감하고 있던 어머니는 마지막 희망의 끈을 놓고 싶지 않아 물었다.

"로쟈, 설마 지금 바로 떠나겠다는 건 아니겠지?"

"아니에요."

"또 올 거지?"

"네……. 또 올게요."

"로쟈, 어디 멀리 가는 거니?"

"아주 멀리요."

"거기에서 뭐가 너를 기다리고 있는 거니? 일자리? 새로운 할 일?"

"하느님이 다 알아서 해주실 거예요. 어머니, 다만, 저를 위해 기도해주세요."

그는 계속 다시 올 거냐고 다짐하는 어머니를 뿌리치고 그곳을 나섰다.


그는 곧장 자신의 하숙방으로 갔다. 그런데 놀랍게도 방에 두냐가 와 있었다. 깊은 생각에 잠겨 있는 모습이 벌써 오래 그를 기다린 듯했다. 그녀의 슬픈 시선을 보고 그는 그녀가 모든 것을 알고 있다는 것을 바로 깨달을 수 있었다.

방으로 들어가자 기진한 듯 그는 의자에 털썩 주저앉았다. 그녀가 입을 열었다.

"난 온종일 소냐의 방에 있었어요. 둘이 오빠가 오길 기다렸지요. 오빠가 반드시 거기 들를 거라고 생각했거든요. 오빠 밤새 어디 있었어요?"

"기억이 안 나. 네바강 주변을 여러 번 돌아다닌 건 기억나지만…… 거기서 끝내버리려고 했지만…… 결심을 할 수가 없었어……."

"하느님 덕분이에요! 오빠는 아직 삶을 믿고 있는 거예요! 하느님 덕분이에요!"

"내가 믿고 있어서 그런 건 아니야. 그런데도 방금 어머니를 만나서 기도해달라고 부탁했어. 두냐, 내가 왜 그랬는지 나도 모르겠어."

"어머니에게 갔다고요? 그럼 어머니께 다 말한 거예요?"

"아니. 하지만 뭔가 짐작하고 계셨어. 네가 밤새 헛소리하는 걸 들으신 모양이야. 어쩌면 어머니께 들른 게 잘못한 건지도 모르겠어. 난 저속한 인간이야!"

"오빠도 인간이니까 저속할 수 있어요. 오빠, 하지만 오빠는 수난의 길을 걸을 준비가 된 거예요. 오빠, 거기로 갈 거죠?"

"그래, 갈 거다. 지금!"

잠시 침묵이 이어졌다. 갑자기 그가 일어섰다.

"늦었어. 이제 시간이 된 거야. 이제 자수하러 갈 거야."

커다란 눈물방울이 두냐의 뺨에 흘러내렸다. 그녀는 그를 꼭 껴안았다.

"오빠, 수난의 길에 나서는 걸로 오빠의 죄는 이미 절반쯤 씻긴 게 아닐까요?"

그러자 그가 갑자기 격분하여 외쳤다.

"죄? 무슨 죄? 그처럼 더럽고 해로운 이(蝨)를 죽인 게? 아무에게도 도움이 되지 않는 그런 고리대금 할망구를 죽인 게? 마흔 가지 죄를 지었더라도 용서를 받을 짓을 한 게? 가난한 사람들의 피를 빨아먹는 가증스런 할망구를 죽인 게? 나는 절대로 그렇게 생각하지 않아! 나는 죄를 씻으려는 게 아니야! 나는 단지 내가 저속하고 무능하기 때문에 이런 결심을 한 거야……. 혹은 포르피리의 말대로…… 그게 내게 유리할 수도 있으니까……."

"오빠, 그게 무슨 말이에요! 오빠는 사람의 피를 흘리게 했잖아요!" 두냐가 절망해서 외쳤다.

라스콜리니코프는 여전히 흥분한 채 말했다.

"모두들 피를 흘리게 하고 있어! 이 세상에는 폭포처럼 피가 흘러왔고 지금도 흐르고 있어! 월계관을 씌워주고 인류의 은 인으로 떠받들게 만드는 피야! 너도 두 눈을 뜨고 똑바로 봐! 나는 많은 사람들을 위해 선을 행하려 했던 거야……! 그 서툰 짓 덕분에 수백수천 가지 선행을 할 수 있었을지도 몰라! 실패했으니까 서툰 짓이라고 할 수는 있지만 절대로 어리석은 짓은 아니야……! 하지만 나는…… 나는 첫걸음도 내딛지 못했어……. 왜냐? 난 저속한 인간이니까……. 바로 이게 문제의 전부야! 하지만 나는 너희들의 눈으로 보지는 않겠어! 만일 내가 성공했더라면 사람들은 내게 월계관을 씌워줬겠지……. 하지만 지금은 올가미를 씌우고 있어! 내가 한 짓이 왜 죄라는 건지, 나는 도무지 이해할 수 없어! 그것이 죄가 아니라는 것이 지금은 너무나 또렷해. 지금보다 더 또렷하게 그것을 인식한 적은 없었어!"

그의 얼굴은 거의 홍조를 띠기까지 했다. 그런데 그렇게 외치다가 그의 시선이 갑자기 두냐의 눈길과 마주쳤다. 그리고

제36장

**213**

저도 모르게 정신이 번쩍 들었다. 그리고 어찌 되었건 자신이 어머니와 누이, 두 사람을 불행하게 만들었다는 것을 느꼈다. 어찌 되었건 그가 원인이었던 것이다…….

"사랑하는 두냐, 내게 죄가 있다면 용서해줘. 내게 진짜 죄가 있어서 아무도 나를 용서해주지 않더라도……. 잘 있어! 이제 논쟁은 그만두자. 난 이제 가야 하니까 제발 따라오지 마. 그리고 부탁이 있어. 어머니 곁을 한시라도 떠나지 마. 불안해서 미쳐버리실 거야. 라주미힌이 두 사람 곁에 있어줄 거다……. 나 때문에 울지는 마. 비록 살인자라도 용기 있고 정직하도록 노력할게."

두냐는 말없이 눈물을 흘리기만 했다. 둘은 밖으로 나왔다. 두냐는 몇 번이고 뒤를 돌아보며 집 쪽을 향했다. 이윽고 두냐가 모퉁이를 돌아서자 그는 갈 길을 재촉하며 생각했다.

'나는 나쁜 놈이야. 나도 알아. 그런데 그들은 어째서 날 이토록 사랑해주는 거지? 그럴 가치도 없는 놈인데! 아, 내가 혼자라면! 아무도 날 사랑하지 않고 내가 그 누구도 사랑하지 않는다면! 그러면 이 모든 일은 일어나지 않았을 것을! 오, 두냐는 왜 이 시련이 필요하다고 말하는 거지? 20년의 징역을 살고 나면 내가 자신을 강도라고 부르면서 사람들 앞에 머리를 조아리며 흐느끼게 될까? 그래, 그때 백치 같은 늙은이가 되어 깨닫는 것이 지금 깨달은 것보다 낫단 말인가? 그렇다면 도대체 왜 살아야만 한단 말인가? 도대체 어떤 과정을 거쳐, 내가 그들 모두 앞에 굴복하는 일이, 확신을 가지고 굴복하는 일이 벌어질 수 있단 말인가?'

그는 어젯밤부터 수백 번도 더 되뇌었을 그 질문을 속으로 던지며 걸어가고 있었다.

# 제37장

그가 소냐의 방에 들어갔을 때는 이미 어둑어둑할 무렵이었다. 소냐는 하루 종일 무섭게 흥분한 상태에서 그를 기다리고 있었다. 두냐도 그녀와 함께 그를 기다렸었다. 그를 기다리며 두 여자가 얼마나 많은 대화를 나누었고, 얼마나 많은 눈물을 흘렸는지, 둘이 얼마나 서로 잘 통하게 되었는지는 자세히 이야기하지 않겠다.

두냐는 소냐와의 만남에서 적어도 한 가지 위안은 얻을 수 있었다. 그것은 결코 오빠가 혼자가 아니리라는 사실이었다. 오빠가 제일 먼저 고백을 하러 간 것은 바로 그녀였다. 오빠에게 '사람이라는 존재'가 필요했을 때 오빠는 그녀 안에서 그 '사람'을 찾았다. 그리고 그녀는, 운명에 의해 오빠가 가게 될 길을 따를 것이다. 두냐는 소냐에게 그것을 묻지는 않았다. 하지만 그녀는 그렇게 되리라는 것을 알 수 있었다. 두냐는 거의 공경심을 지니고 소냐를 대했으며 소냐는 너무 황송한 나머지 거의 울음을 터뜨릴 뻔했다.

두냐가 떠나고 혼자 있게 되자 소냐는 이내 두려움에 시달리기 시작했다. 라스콜리니코프가 정말 자살로 이 모든 일을 끝내지나 않았을까 하는 두려움이었다. 두냐와 함께 있을 때는 그럴 리 없다고 함께 부정하며 마음으로 위안을 찾았지만 홀로 남게 되자 오로지 그 걱정에만 사로잡히게 된 것이었다.

시간이 흐를수록 그녀는 더욱 불안해졌고, 어느덧 해가 뉘엿뉘엿 질 무렵에는 그가 결국 죽어버린 것이라고 체념하기에 이르렀다. 그런데 바로 그 순간에 그가 나타난 것이다.

소냐는 기쁨의 탄성을 내질렀다. 하지만 그의 얼굴을 주의 깊게 살펴본 후 그녀는 갑자기 파랗게 질렸다. 그의 입에 이상야릇한 미소가 떠올라 있던 것이다.

"그래, 난 당신의 십자가를 받으러 왔어. 사거리에서 자백을 하라고 한 게 바로 당신이지? 이제 그대로 할 참이야. 그런데 소냐, 왜 겁을 내고 있지?"

라스콜리니코프는 그녀와 시선이 마주치는 걸 피하려는 듯 곁눈질로 그녀를 바라보며 말했다.

"소냐, 그렇게 하는 게 유리하다는 걸 알았기 때문이야. 이야기하자면 길어. 어쩌면 할 이야기가 전혀 없기도 하고……. 뭐가 날 화나게 하는지 알아? 짐승같이 멍청한 낯짝들이 내게 눈알을 부라리고 손가락질을 해대며, 어리석은 질문들을 퍼부을 것이고, 내가 거기 대답해야 한다는 사실이야. 제기랄……. 난 포르피리에게는 가지 않겠어. 지긋지긋해. 그보다는 내가 알고 있는 '화약 중위'에게 가겠어. 아마 놀라겠지. 이런 일에는 그게 효과가 있어! 어쨌든 좀 더 냉정해져야 해. 요즘 내가 너무 성질을 잘 내거든……. 그런데 십자가는 어디 있어?"

그는 거의 제정신이 아니었다. 잠시도 제자리에 서 있지 못했으며, 어느 한 대상에 주의를 집중하지도 못했다. 생각이 마구 뒤섞였으며 횡설수설했고 두 손이 가볍게 떨리고 있었다.

소냐는 말없이 상자에서 삼나무로 된 십자가와 구리로 된 십자가를 꺼내어 성호를 그은 다음 삼나무로 된 십자가를 그의 가슴에 걸어주었다.

"이제부터 내가 십자가를 진다는 상징이로군! 마치 이제까지는 내가 고통받지 않았던 것처럼!"

이어서 그는 또 이런저런 횡설수설을 하다가 갑자기 생각이 난 듯 말했다.

"소냐, 내가 온 건…… 그러니까…… 당신에게 알려주려고……. 당신이 알았으면 해서……. 단지 그 때문에 온 거야……. 아아, 뭔가 할 말이 많은 것 같았는데……. 그래, 내가 고백하길 당신이 원했잖아……. 난 감옥에 가게 될 거고, 당신 소원이 이루어지는 거고……. 그런데 왜 울어? 왜 당신까지? 그만해, 됐어. 아, 너무 힘들어!"

그러자 소냐가 떨리는 목소리로 말했다.

"성호를 긋고 기도하세요. 단 한 번만이라도……."

그는 여러 번 성호를 그었다. 소냐는 숄을 집어 머리에 썼다.

"뭐 하는 거야? 어딜 가려고! 그만둬! 나 혼자 가겠어."

그는 화를 내다시피 하며 문 쪽으로 걸어가더니 밖으로 나갔다. 그녀에게 작별 인사조차 하지 않았다. 그녀는 그대로 방에 남아 있었다.


밖으로 나온 그는 무작정 길을 걸었다. 그리고 그녀에게 작별 인사도 하지 않고 나왔다는 걸 생각하고 걸음을 멈추었다. 순간 번쩍 하고 어떤 생각이 떠올랐다.

'내가 그녀에게 왜 갔던 거지? 내가 *거기 간다*는 걸 말하려

제37장

**219**

고? 그래서? 그럴 필요가 어디 있어? 내가 그녀를 사랑하는 걸까? 아냐! 절대 그럴 리 없어! 방금도 개처럼 그녀를 쫓아버리고 나왔잖아. 정말 십자가를 받으려 했던 건가? 오, 나는 정말 속물이 다 되었구나! 그래 맞아! 내가 필요로 했던 건 그녀의 눈물이야! 그녀가 겁에 질리는 걸, 그녀가 가슴 아파하는 걸, 그녀의 가슴이 찢어지는 걸 보고 싶었던 거야! 그리고 시간을 끌고 싶었고……. 그런 식으로 자신에게 희망을 걸고 자신을 믿어보고 싶었던 거야! 난 거지야! 비참한 놈이야! 정말 야비한 놈이야! 야비한 놈!'

그는 운하 둑길을 지나 센나야로 들어섰다. 사람들이 북적이고 있었지만 일부러 사람들이 많은 쪽을 향해 걸어갔다. 그는 이 세상 모든 것을 다 주고라도 홀로 있고 싶었다. 하지만 그는 단 1분도 홀로 있을 수 없음을 느끼고 있었다. 그는 한 주정뱅이가 추태를 부리는 모습을 잠시 바라본 후 다시 걸음을 옮겨 광장 한복판에 이르렀다.

그때였다. 그의 영혼 속에 무언가 감동이 일었고 그 어떤 감흥이 그의 몸과 영혼을 온통 사로잡았다. 그리고 갑자기 소녀가 했던 말이 생각났다.

"지금 당장 사거리로 나가세요. 가서 당신이 더럽힌 땅에 입을 맞춘 후 사람들에게 외치세요. '나는 살인을 했습니다!'라고 말이에요."

그는 그 말을 떠올리고 온몸을 떨기 시작했다. 그동안 온통 우수와 불안에 짓눌려 있던 그는 이 새롭고 충만한 감흥이 주는 가능성 속으로 주저 없이 뛰어들었다. 그것은 마치 습격과도 같았다. 그의 영혼이 온통 그 감흥에 불타오르는 것 같았다. 그의 내면이 단숨에 부드러워졌고, 그의 얼굴에 눈물이 흐르기 시작했다. 그는 그 자리에서 무릎을 꿇었다.

그는 그 자리에서 행복과 환희에 휩싸여 그 더러운 땅에 입을 맞추었다. 그는 몸을 일으킨 후 다시 한번 절을 했다.

그의 모습을 본 사람들이 저마다 한마디씩 했다.

"순례길을 떠나려는가보군!"

"꼴은 그래도 귀족 같은데!"

그들이 시끄럽게 떠들어대는 바람에 그의 혀끝에서 막 튀어나오려던 말, '나는 사람을 죽였습니다'라는 말은 결국 입 밖으로 나오지 않았다.

그는 사람들의 수군거림과 야유를 뒤로 한 채 경찰서를 향해 걷기 시작했다. 얼핏 그의 눈에 환영 같은 것이 스쳤지만 그는 놀라지 않았다. 그러리라고 이미 예감하고 있었기 때문이다. 광장에서 두 번째 절을 했을 때 그는 10미터 정도 떨어진 곳, 가건물 뒤에 몸을 숨기고 있는 소녀의 모습을 보았던 것이다. 그녀는 그의 고통스러운 수난의 길에 동행하고 있었던 것이다. 그 순간 라스콜리니코프는 단번에 깨달았다. 소녀는 이제 그와 영원히 함께하리라는 것, 운명이 그를 어디로 보내건 그녀는 이 세상 끝까지라도 그를 따라오리라는 것을! 감동으로 마음이 온통 흔들리는 것 같았지만, 그는 이미 운명적인 곳에 이르러 있었다.

그는 제법 꿋꿋하게 경찰서 마당으로 들어섰다. 3층까지 올라가야 했다. 운명의 순간까지는 아직 멀었고, 아직 많은 시간이 남아 있으며 아직 많은 것을 생각할 수 있을 것 같았다.

그는 경찰서 문을 열었다. 뭔가 열심히 쓰고 있는 두 명의 서기가 눈에 띄었으며 자묘토프의 모습은 보이지 않았다. 지서장인 니코짐 포미치도 없는 게 분명했다.

그가 서기 한 명에게 "아무도 안 계시나요?"라고 묻는 순간 익숙한 목소리가 들렸다.

"아니, 이게 누구신가……? 이거 정말 오랜만입니다."

'화약'이었다. 방 한 곳에서 불쑥 튀어나온 것이다. 라스콜리니코프의 몸이 부들부들 떨리기 시작했다.

"제게 볼일이 있어서 오신 겁니까? 좀 일찍 오셨군요. 저, 성함이, 로지온…… 라스콜리니코프 씨가 맞지요?"

"맞습니다."

"아이고, 그렇지 않아도 정말 미안하게 생각하고 있었는데……. 그때 그렇게 당신에게 막 대해서……. 나중에 알고 보니 당신은 젊은 문학도에다 학자라고 하더군요……. 저와 제 아내는 문학에 경의를 품고 있고, 특히 제 아내는 아주 열정적입니다……. 직접 찾아가서 사과하고 싶었지만…… 생각해보니 어쩌면 당신이……. 그런데 무슨 일로 오셨습니까? 들기로는 가족분들이 올라오셨다는데……."

"네, 어머니와 누이동생이."

"아, 동생분을 한번 뵐 영광을 누렸습니다. 정말 교양 있고 아름다운 분이시더군요. 솔직히 고백하자면 당신과 그때 열을 내서 싸운 것을 정말 후회했습니다. 그때 당신이 졸도했지요? 그것 때문에 좀 이상한 시선으로 당신을 보았던 게 사실이지만…… 나중에 아주 분명하게 해명이 되었습니다. 당신이 화를 냈던 이유도 분명히 알게 되었고요. 가족들이 오셨으니 집이라도 옮기시려나 보지요?"

제37장

**223**

"아, 아닙니다……. 그저…… 뭔가 좀 물어볼 게 있어서…….
자묘토프가 여기 있는가 해서……."

"아, 예! 두 사람이 친해졌다는 말도 들었습니다. 그 사람 이
제 여기 없습니다. 어제 전근되었지요."

이어서 그는 자묘토프를 열심히 비난하더니, 젊음에 대해서,
학문에 대해서, 우정에 대해서 마치 우박처럼 공허한 이야기들
을 쏟아냈다. 라스콜리니코프는 그의 장황한 이야기들을 귓등
으로 흘리며 그의 장광설이 언제 끝날까, 기다렸다. 그의 장광
설은 요새 자살이 늘었다는 사실을 지적하는 데까지 이르렀다.
그런데 그 말끝에 그가 놀라운 이야기를 했다.

"오늘날 자살이 얼마나 늘어나고 있는지 아마 상상도 못하실
겁니다. 그런 자들은 마지막 한 푼까지 다 탕진해버린 후에 스
스로 목숨을 끊지요. 계집애건, 사내건, 늙은이건……. 오늘만
해도 최근에 이곳 수도에 온 한 사내에 대한 보고가 있었습니
다. 이봐, 그 사람 이름이 뭐라고 했지? 페테르부르크스카야구
에서 권총으로 자살했다는 사람 말이야!" 그가 다른 방을 향해
소리쳤다.

"스비드리가일로프입니다." 다른 방에서 누군가 쉰 목소리로
무심한 듯 대답했다.

라스콜리니코프는 몸을 부르르 떨었다. 그가 자신도 모르게 외쳤다.

"스비드리가일로프! 스비드리가일로프가 자살을!"

"아니, 당신이 스비드리가일로프를 아십니까?"

"네……. 압니다……. 이곳에 온 지 얼마 안 되는……."

"네, 얼마 안 됐습니다. 아내를 여의었고, 방탕한 사내인데 갑자기 권총 자살을 했습니다……. 그것도 상상하기 힘들 정도로 괴상망측하게……. 수첩에 몇 마디 남겼다더군요……. 자기는 멀쩡한 정신으로 죽는 거니 누구도 탓하지 말라나 뭐라나……. 돈도 꽤나 있었다고 하던데……. 그런데 당신이 그 사람을 어떻게?"

"제가…… 아는…… 사람입니다……. 제 누이동생이 그 집 가정교사로 일한 적이……."

"아, 그러시군요. 그러면 그 사람에 대해 뭔가 얘기해주실 게 없습니까? 뭐, 그런 조짐이라도……."

"어제 보았는데…… 그는…… 술을 마시고 있었고……. 더 이상은 모르겠습니다."

라스콜리니코프는 무언가가 자기 머리 위로 툭 떨어져 자신을 짓누르는 기분이었다.

제37장

"또 얼굴이 창백해지셨군요. 창문이 닫혀 있다 보니까 공기가 좀……."

"전 이제 가봐야겠습니다……. 공연히 폐를 끼쳐서……. 저는 그냥 자묘토프를 만나려고……."

"아닙니다. 언제라도……. 만나뵈어서 즐거웠습니다."

라스콜리니코프는 밖으로 나왔다. 다리가 휘청거리고 현기증이 났다. 서 있다는 느낌조차 없었다. 그는 난간을 잡고 정신 없이 계단을 내려가 마당으로 나섰다. 입구에서 멀지 않은 곳에 마치 죽은 사람처럼 창백한 얼굴의 소녀가 서 있는 것이 보였다. 그를 향한 그녀의 눈빛을 그는 참아내기 힘들었다. 그는 그녀 앞에서 걸음을 멈추었다. 그녀의 얼굴 표정에 그 무언가 고통에 지친 기색, 절망의 기색이 나타나 있었다. 그녀가 갑자기 두 손을 포갰다. 라스콜리니코프의 입술에 일그러진 미소, 막막한 미소가 고통스럽게 떠올랐다. 그는 잠시 그 자리에 서 있다가 다시 몸을 돌려 경찰서로 향했다.

일리야 페트로비치는 자리에 앉아 서류를 뒤적이고 있었다.

"아, 또 오셨군요! 뭐, 혹시 두고 가신 거라도……? 그런데 얼굴이 왜……?"

라스콜리니코프는 입술이 새파랗게 질린 채 그에게 다가갔다. 뭔가 말을 하려 하는 듯했으나 종잡을 수 없는 말만 나왔을 뿐이었다.

"아이고, 몸이 많이 안 좋으시군요. 이봐, 의자 좀 가져와! 자, 이 의자에 앉으십시오. 자, 앉으세요. 이봐, 물!"

라스콜리니코프는 의자에 앉았다. 하지만 놀라서 약간은 불쾌한 얼굴을 하고 있는 일리야 페트로비치에게서 눈길을 떼지 않았다. 두 사람은 그렇게 약 1분가량 서로의 얼굴을 바라보고 있었다. 그들은 기다리고 있었다. 누군가 물을 가져왔다.

"바로 제가······." 이윽고 라스콜리니코프가 입을 열었다.

"물을 좀 드시지요."

라스콜리니코프는 손으로 물을 물리치고 띄엄띄엄, 느리게, 그러나 또박또박 말했다.

"바로 제가 관리의 늙은 과부와 그 여동생 리자베타를 도끼로 죽이고 도둑질을 했습니다."

일리야 페트로비치는 입을 딱 벌린 채 꼼짝 않고 있었다. 사방에서 사람들이 몰려들었다. 라스콜리니코프는 자신의 진술을 되풀이했다······.

# 에필로그

시베리아. 거대하고 황량한 강기슭에 러시아 행정 중심 도시들 중의 하나인 도시가 있다. 이 도시에 요새가 있고 요새 안에 감옥이 있다. 이 감옥에 제2급 유형수인 로지온 라스콜리니코프가 9개월째 갇혀 있다. 그가 범행을 저지른 날로부터 거의 1년 반이 흘렀다.

재판은 일사천리로 진행되었다. 범인은 아무리 작은 일이라도 정확히 기억했고, 확고하고 분명하게, 그리고 꼼꼼하게 일관된 진술을 유지했다. 그는 모든 사실들을 분명하게 밝혀주었으며, 훔친 물건들을 감춘 돌이 어디 있는지도 밝혔다.

재판관들은 그가 지갑을 열어보지도 않았고 그 안에 돈이 얼마나 들어 있는지도 모른다는 그의 말을 믿지 않았다. 왜 피고는 모든 것을 사실대로 고백하면서 유독 그 한 가지만 거짓말을 하고 있는 것일까? 그런데 돌을 들춰 본 결과 그의 말이 사실임이 드러났다.

결국 몇몇 사람들, 특히 심리학자들은 이 범행이 일시적인 착란 상태에 빠진 죄인이 강도 살인에 대한 병적 편집증 상태에서 빚은 짓이며 다른 목적이나 의도는 없었다고 결론 맺었다. 게다가 의사 조시모프, 예전 학우들, 하숙집 여주인과 하녀를 비롯한 많은 사람들의 증언이, 라스콜리니코프는 여느 범죄자들과는 다르며, 그 범행에는 뭔가 다른 것이 있다는 결론을 내리는 데 큰 도움을 주었다.

증인들이 그런 증언을 했음에도 불구하고 범인은 조금도 자기변호를 하려 들지 않았다. 그는 왜 그런 범행을 저질렀는가라는 질문에 대해, 자신의 비참한 현실, 가난을 이유로 들었고, 노파에게서 훔친 돈으로 새 출발을 하려 했다고 거칠다 싶을 정도로 단호하게 진술했다. 그리고 양심의 가책 때문에 자수를 했다고 역시 간단하게 대답했다.

그런데 판결은 저지른 죄에 비해서 지나치다 싶을 정도로 관대했다. 범인이 조금도 자기변명을 하지 않고 오히려 자신의 죄를 무겁게 하려고 애쓰는 것처럼 보인다는 점이 크게 참작되었다. 그리고 그의 어려운 처지, 정신상태 등이 모두 고려 사항이 되었다. 게다가 진범이 누구인지 아무 증거도 찾을 수 없었을 뿐 아니라 아무도 그에게 혐의를 둘 수 없었던 바로 그때(포르피리는 그와의 약속을 정확히 지켜주었다) 그가 자수를 했다는 점도 형량을 가볍게 하는 데 결정적인 기여를 했다.

게다가 라주미힌이 어디서 정보를 얻었는지, 라스콜리니코프가 재학 시절 자신의 주머니를 털어서 폐병을 앓고 있는 가난한 학우를 도와주었다는 일화를 법정에서 진술했다. 그 학우가 죽자 그의 늙은 아버지도 돌보아주었고 노인이 세상을 뜨자 장례까지 치러주었다는 것이었다. 또한 라스콜리니코프의 하숙집 여주인은 전에 한밤중에 근처 집에서 불이 났을 때 라스콜리니코프가 몸에 화상을 입으면서까지 두 어린아이를 구해냈던 일을 진술했다. 그런 모든 증거들, 정황들, 진술들에 그가 자수했다는 사실까지 참작이 되어 범인은 불과 8년 징역형을 선고받는 것으로 재판이 끝났다.

재판이 시작된 지 얼마 되지 않아 라스콜리니코프의 어머니는 병이 났다. 그녀의 병은 일종의 정신착란을 동반하고 있었다. 두냐와 라주미힌은 만일 그녀가 물으면 라스콜리니코프가 돈과 명예가 보장된 일을 제안받아 먼 곳으로 떠났다고 말하기로 입을 맞추었다. 그러나 정작 어머니는 그런 것에 대해 한마디도 묻지 않았다. 그들의 말을 듣지 않아도 그녀 편에서 더 그럴듯한 이야기를 이미 만들어두고 있었던 것이다. 그녀는 아들이 지금 몇 가지 어려움을 겪고 있지만 그것만 지나고 나면 눈부신 출셋길이 아들 앞에 놓이리라고 철석같이 믿고 있었고 라주미힌과 두냐에게 그렇게 단언했다. 하지만 어머니는 정신적으로 병적인 상태에서, 아들에게 뭔가 무서운 일이 벌어지고 있음을 직감적으로 느끼고 있었다.

선고가 내려진 것은 범인이 자수한 지 다섯 달이 지나서였다. 라스콜리니코프가 유형지로 떠나는 날, 두냐와 라주미힌은 이 이별은 결코 영원한 이별이 아니라며 라스콜리니코프의 손을 잡고 눈물을 흘렸다. 특히 라주미힌은 열정적인 그의 성격대로, 밝은 미래에 대한 자신의 비전을 라스콜리니코프에게 열심히 설명했다. 라스콜리니코프는 어머니에 대해 많은 질문을 하면서 어머니 걱정을 했다.

소냐는 스비드리가일로프가 넘겨준 돈으로 모든 준비를 마치고 그와 함께 떠날 각오를 하고 있었다. 그녀와 라스콜리니코프 사이에는 그것에 대해 단 한마디도 오간 적이 없었지만 두 사람 다 그렇게 되리라는 것을 알고 있었다. 마침내 작별의 순간이 다가오자, 라스콜리니코프는 그가 출옥한 뒤에 밝은 미래가 기다리고 있을 것이라고 역설하는 두냐와 라주미힌에게 야릇한 미소를 지어 보였을 뿐이었다. 그와 소냐는 드디어 출발했다.

두 달 후에 두냐와 라주미힌은 결혼했다. 슬프고 조용한 결혼식이었다. 포르피리와 조시모프도 초대받았다. 라주미힌은 대학을 마치기 위해 복학했다. 부부는 장래 계획을 세우면서 5년 뒤에는 시베리아로 이주하기로 굳게 마음먹었다. '그때까지는 소냐가……'라고 그들은 생각하고 있었다.

아들이 시베리아로 떠난 뒤 어머니는 2주 후에 숨을 거두었다. 착란 상태에서 그녀의 입에서 간간이 튀어나온 말로 미루어 볼 때 그녀는 아들의 불행한 운명에 대해 두냐와 라주미힌이 생각하고 있던 것보다는 훨씬 더 많이 알고 있던 것이 틀림없었다.

라스콜리니코프는 시베리아 유형 생활을 시작한 지 한참 뒤에야 어머니가 돌아가셨다는 사실을 알게 되었다. 소냐가 두냐와 라주미힌과 서신을 계속 주고받았지만 그 사실을 뒤늦게 라스콜리니코프에게 알린 것이었다.

라스콜리니코프와 신혼부부 사이의 서신 왕래는 소냐를 통해 이루어지고 있었다. 그녀는 매달 꼬박꼬박 부부에게 편지를 보냈다. 소냐의 편지는 그들이 보기에 지나치게 무미건조해 보여 처음에는 불만스러웠다. 하지만 그들은 결국 그 편지가 더할 나위 없이 훌륭하다는 것을 알게 되었다. 그 편지 덕분에 라스콜리니코프가 겪고 있는 운명에 대해 더없이 완벽하고 정확하게 알 수 있었던 것이다.

소냐는 편지에서 라스콜리니코프의 감옥 생활을 가장 단순하고 정확하게 묘사하고 있었다. 거기에는 그녀의 희망, 미래에 대한 추측, 자신의 감정에 대한 묘사가 전혀 들어 있지 않았다. 소냐는 라스콜리니코프의 정신 상태나 내면의 삶을 설명하려 하지 않고 오로지 사실들, 즉 그가 한 말, 그의 건강 상태, 면회 갔을 때 그가 원한 것과 부탁한 것들만 꼼꼼하게 썼다. 부부는 그녀의 편지를 읽으면서 불행한 오빠의 모습을 저절로 떠올릴 수 있었다.

소냐의 편지에 의하면 오빠는 지극히 덤덤한 생활을 하고 있었다. 말수도 적었으며 그녀가 그들의 편지를 통해 알게 된 소식들을 소냐가 전해주어도 아무런 관심도 보이지 않았다. 심지어 어머니의 죽음에 대해 알려주었을 때도 충격을 받은 것 같지 않았다(그는 이미 어머니의 죽음을 예견하고 있었다). 그는 거의 아무런 희망도 품고 있지 않았으며 새로운 환경 속에서도 거의 아무것에도 놀라지 않았다.

소냐는 라스콜리니코프의 건강이 만족스럽다고 썼다. 음식도 환경도 열악하지만 그는 주어진 환경 자체에 무관심한 것 같다고 썼다. 그녀가 면회를 가도 무관심할 뿐 아니라 자신을 거칠게 대했지만 이제는 그 면회가 그에게 습관이나 당연한 요구 같은 것이 되어서, 그녀가 아파서 며칠 면회를 가지 못하면 그가 매우 쓸쓸해했다고 솔직하게 적었다.

그녀는 축일에는 감옥 정문 옆이나 초소에서 몇 분간 그를 면회할 수 있었고, 평일에는 그가 노역하는 곳으로 찾아가서 그를 만난다고 적었다. 그녀는 자신에 대한 이야기도 간간이 적었다. 이제 아는 사람들도 꽤 생겼고 바느질 일감도 많이 얻고 있다고 썼다. 그곳에 훌륭한 재봉사가 없어서 그 덕분에 자기를 없어서는 안 될 사람으로 여기는 집이 많아졌다는 것이었다. 그러나 그녀는 형무소 간부들이 자기에 대해 호의를 품게 되었고 그 덕분에 라스콜리니코프의 노역이 경감받을 수 있었다는 소식 같은 것은 적어 보내지 않았다.

그런데 그녀가 보낸 마지막 편지에서 좋지 않은 소식이 왔다. 그가 모든 사람들을 피하고 있으며 다른 죄수들도 그를 몹시 싫어한다는 것이었다. 그리고 그가 몹시 중한 병에 걸려서 병원의 죄수 병실에 누워 있다는 것이었다.

*

그는 이미 오래전부터 병이 나 있었다. 그러나 그가 병이 난 것은 감옥 생활에 대한 두려움, 노역, 열악한 음식 때문이 아니었다. 노역은 오히려 기쁜 일이었고, 벌레가 둥둥 떠다니는 음식은 학생 시절에는 그나마도 얻어먹기 힘들던 것이었다. 옷은 따뜻했고 발에 채워진 족쇄는 거의 신경이 쓰이지도 않았다.

그렇다면 그가 병이 난 것은? 그것은 그가 자존심에 상처를 입은 때문이었다. 오, 만일 그가 자신의 유죄를 스스로 인정할 수 있었다면 그는 얼마나 행복했을 것인가? 그는 자신을 준엄하게 심판해보았다. 그러나 그의 양심은 자신이 한 짓에서 그 어떤 죄도 발견할 수 없었으며 오로지 자신이 큰 *실수*를 했을 뿐이라고 끈질기게 말하고 있었다. 그런 실수는 누구에게나 있을 수 있는 것이었다. 그가 부끄러워했던 것은 자신, 라스콜리니코프가 그런 맹목적 운명의 판결을 받아 그토록 맹목적으로, 아무런 희망도 없이 막막하고 어리석게 파멸해버렸다는 사실이었다. 그리고 그가 조금이라도 마음의 평온을 얻으려면 그런 '부조리'에 순종하고 굴복해야만 한다는 사실이었다.

지금 그의 앞에는 대상도, 목적도 없는 불안만이 있었다. 그렇다면 미래는? 그 어느 것도 얻을 것이 없는 끊임없는 희생만이 놓여 있을 뿐이었다. 그것이 그의 운명이었다. 8년 후에 그는 고작 서른두 살밖에 되지 않을 것이다. 그러나 그렇게 다시 삶을 시작한다 해도 그것이 무슨 의미가 있단 말인가! 왜 살아야 하는가! 무슨 계획을 세울 수 있단 말인가! 단지 존재하기 위해 살아간다? 전에 그는 단 하나의 이념, 단 하나의 희망, 심지어 단 하나의 공상을 위해서라면 자신의 존재를 수천 번이라도 던질 준비가 되어 있었다. 단순히 존재한다는 것만으로는 언제나 부족했다. 그는 언제나 그 이상을 원했다. 어쩌면 그는 자신이 지닌 열망이 크다는 것만으로 자신을 다른 사람들보다 더 많은 것이 허용된 인간으로 간주할 수 있었을지도 모른다.

아아, 최소한 자기가 어리석었다고, 자신이 한 짓을 추악하다고 여길 수만 있다면! 그러나 감옥에 들어와서 생각할 자유를 얻고 자신이 한 짓에 대해 곰곰이 생각해보았지만, 전에 그 운명적인 시간에 느꼈던 만큼의 어리석음과 추함을 발견할 수 없었다.

그는 양심에 거리낄 것이 없었다. 물론 법적으로는 죄를 저질렀다. 법의 자구(字句)를 위반했고, 사람의 피를 흘리게 했다. 그렇다면 법의 이름으로 내 머리를 가져가라! 그것으로 족하지 않은가! 만일 그렇다면 권력을 물려받지 못했기에 스스로의 힘으로 권력을 장악한 수많은 인류의 은인들은 그들이 첫 발자국을 내딛는 순간 처형되어야 마땅할 것이다. 그러나 그들은 그들의 첫 시련을 이겨냈고 그것으로 그들은 정당화되었다. 그런데 나는 그것을 이겨내지 못했고 내게는 그 길을 향한 발걸음이 허용되지 않은 것이다. 그가 견뎌내지 못하고 자수한 것, 그에게는 오로지 그 사실만이 명백한 죄였다.

그를 괴롭힌 또 한 가지 생각이 있었다. 왜 나는 자살하지 않았을까? 왜 그때 강물 위에 서 있었으면서도 자수의 길을 택했을까? 살고자 하는 힘은 그토록 강력해서 그것을 굴복시키기가 그토록 힘든 것일까? 오히려 나보다 죽음을 더 두려워하던 스비드리가일로프조차 살고자 하는 욕망을 눌러버리지 않았는가?

그는 동료 죄수들을 보면서 그들이 그토록 삶을 사랑하고 삶에 집착하는 것을 보고 깜짝 놀랐다. 그들은 자유로울 때보다 감옥 안에서 더 삶을 사랑하는 것 같았다. 도대체 무엇이 그들로 하여금 그토록 삶을 사랑하게 만드는 것일까?

에필로그

237

그는 그 질문으로 괴로워하고 있었다. 하지만 그 질문을 던지면서 이미 그는 자신의 확신 속에 들어 있는 그 어떤 오류들을 예감하고 있었는지도 모른다. 그러나 그 예감이 그의 삶의 일대 전환, 부활, 존재를 새롭게 바라보는 방법을 미리 예고하고 있음을 그는 아직 깨닫지 못하고 있었다.

그는 자신이 새로 맞이한 환경 속에서 거의 눈을 내리깔듯이 지내고 있었다. 그러나 자신도 모르게 주변을 보게 되었고 많은 것이 그를 놀라게 했다. 그리고 무엇보다 그를 놀라게 한 것은 그와 다른 모든 사람들 사이를 가르고 있는 그 무시무시하고 건너기 힘든 심연이었다. 그가 보기에 자신과 그들은 아예 종자가 다른 것 같았다.

그와 그들은 서로 적개심을 품은 채 서로를 노려보았다. 그들은 여러 부류였지만 그를 좋아하지 않고 피한다는 점에서는 모두 한통속이었다. 심지어 그를 미워하게까지 되었다. 왜일까? 그 이유를 도저히 알 수 없었다. 모두들 그를 경멸하고 비웃었으며 그보다 훨씬 중죄를 지은 자들조차 그의 범죄를 비웃었다.

"너는 신사 나리잖아!" 그들은 그에게 말했다. "도끼? 그건 너한테는 안 어울려. 그건 신사 나리가 할 일이 아니지!"

심지어 성당에 가서 기도를 할 때 그를 향해 "너 같은 놈은 신을 믿지 않잖아!"라며 달려드는 자도 있었다.

그런 그에게 또 하나의 풀 수 없는 의문이 있었다. 왜 모두들 그렇게 소냐를 사랑하는 것일까? 그녀는 그들의 환심을 사려고 애쓰지 않았다. 그들이 그녀를 보는 것도 그를 만나기 위해 노역장으로 왔을 때뿐이었다. 그녀는 그들에게 돈을 준 일도 없었고 특별히 돌봐준 적도 없었다. 다만 성탄절에 딱 한 번 모든 사람들을 위해 파이와 흰 빵을 베푼 것이 전부였다.

그러나 그들과 소냐 사이에는 어느새 친밀한 관계가 맺어졌다. 그녀는 그들의 편지를 우편으로 부쳐주었고, 면회 온 죄수들의 친척들은 죄수들의 부탁에 의해 돈을 그녀에게 맡겼다. 그들의 아내와 연인들은 모두 그녀를 알게 되었고 그녀를 찾아갔다.

노역장에서 그녀를 만나면 낙인찍힌 거친 죄수들이 야윈 모습의 자그마한 그녀를 향해 "우리의 어머니 소피야 세묘노브나! 우리의 다정하고 부드러운 어머니!"라고 말했다. 그녀는 미소로 그들에게 답했고 모두가 그녀의 웃는 얼굴을 좋아했다. 그들은 그녀가 자그마하다는 것까지 칭송했고, 더 이상 칭찬해

줄 것이 없을 정도까지 되었다.

　라스콜리니코프는 사순절 끝 무렵부터 부활절 기간 내내 병원에 누워 있었다. 그가 거의 회복기에 접어들었을 무렵 그는 꿈을 꾸었다. 꿈속에서 무시무시한 전염병이 전 세계를 휩쓸고 있었다. 몇 안 되는 극소수만 제외하고는 인류 전체가 멸망할 수밖에 없는 위기의 순간이었다. 병을 가져온 원인은 사람 몸속으로 파고드는 작은 선모충이었다. 그런데 그 미생물은 지성과 의지를 갖춘 정령들이었다. 그 정령에 감염된 사람들은 즉시 악령에 사로잡혀 미쳐버렸다. 이 악령에 사로잡힌 광인들은, 이전에 존재했던 그 누구보다 지성적이고 확신에 찬 사람이 되었다. 그들은 각자 자신의 판단, 자신의 과학적 추론, 자신의 신념과 도덕적 믿음을 이전 그 어느 것들보다 확고부동한 것으로 생각했다. 모든 마을, 모든 도시, 모든 국가가 그에 감염되어 미쳐갔다. 이제 모두 서로를 이해하지 못했고 자신에게만 진리가 있다고 생각하게 되었다. 다른 사람을 보면 잘못 생각한다고 답답해서 울부짖었고, 자기 가슴을 쾅쾅 두드렸으며 눈물을 쏟았다. 그 무엇도 판단할 수 없었다. 무엇이 선이고 무엇이 악인지 알 수 없는 지경이 되었다. 누구를 비난할지 누구를 옹호할지도 알 수 없었다. 사람들은 설명할 수 없는 증오감에 사로잡혀 서로를 죽였다. 군대가 결성되었다. 하지만 군대가 소집되자마자 그들은 서로에게 덤벼들어 찌르고 베고 물어뜯고 잡아먹었다.

사람들은 온통 서로 싸우느라 일도 하지 않았고 화재가 발생했으며 굶주림이 시작되었다. 모든 사람들이 죽어갔고 모든 것이 파멸되었다. 전염병은 세계 전체로 번져갔고, 겨우 몇 안 되는 사람들만이 구원을 받을 수 있었다. 그들은 새로운 인류, 새로운 생명을 태어나게 해서 이 지상을 갱신하고 정화할 소명을 지니도록 선택받은 순수한 자들이었다. 그러나 그 누구도 그 사람들을 보지 못했으며 그들의 말과 목소리를 듣지 못했다.

라스콜리니코프는 이 생생한 악몽이 그토록 고통스럽게 그를 사로잡아서, 그리고 그것이 쉽게 사라지지 않아서 한동안 무척 괴로웠다.

부활절이 지난 지도 벌써 2주가 지났다. 포근하고 맑은 봄 날씨가 이어지고 있었고 수인 병실의 창문도 열려 있었다. 소냐는 병실로 그를 두 번밖에 찾아올 수 없었다. 면회 절차가 너무 까다롭기 때문이었다. 대신 그녀는 자주, 특히 저녁 무렵이면 병원 마당으로 와서 병실 창문을 바라보곤 했다.

그러던 어느 날이었다. 병에서 거의 회복된 라스콜리니코프는 잠깐 잠이 들었다가 깨어서 무심코 창가로 다가갔다. 그러자 저 멀리 병원 문 옆에 서 있는 소녀의 모습이 보였다. 무언가 기다리고 있는 것 같았다. 그 순간 마치 그 무언가가 그의 심장을 찌른 것 같은 느낌이 왔다. 그는 부르르 떨면서 창가로부터 멀어졌다.

　다음 날 소녀는 오지 않았고 다음다음 날도 오지 않았다. 그는 자신이 그녀를 초조하게 기다리고 있다는 것을 깨닫고 놀랐다. 이윽고 그는 퇴원했다. 감방에 도착한 그는 그녀가 병에 걸려 꼼짝도 못하고 누워 있다는 소식을 수감자들로부터 들었다. 그는 걱정이 되어 그녀의 소식을 알아보았다. 다행히 그렇게 큰 병은 아니라는 것을 알게 되었다. 라스콜리니코프가 자신을 걱정하고 있다는 것을 알게 된 소녀는 자기는 가벼운 감기에 걸렸을 뿐, 곧 노역장으로 그를 만나러 오겠다는 쪽지를 보내왔다. 그 쪽지를 읽는 동안 그의 심장은 아프도록 격렬하게 고동쳤다.

　맑고 포근한 어느 날이었다. 이른 아침 6시부터 그는 강기슭으로 노역을 하러 나갔다. 모두 세 사람의 일꾼이 석고를 빻는 일을 했다. 라스콜리니코프는 잠시 짬을 내서 일하는 곳 옆에 쌓아둔 통나무 위에 앉았다. 그는 거대하고 황량한 강을 바라보기 시작했다. 높은 강기슭이어서 사방으로 경치가 드넓게 펼쳐져 있었다. 그는 저 멀리 보이는 유목민의 천막을 응시하다가 곧 몽상에 빠져들었다. 그는 이미 아무 생각도 하지 않고 있었지만 뭔가 알 수 없는 번민이 그를 흔들고 괴롭히고 있었다.

순간 갑자기 소녀가 그의 곁에 나타났다. 그녀는 아무 소리도 내지 않은 채 살며시 그의 곁에 앉았다. 아직 새벽 냉기가 풀리지 않은 이른 시각이었다. 그녀의 얼굴에는 아직 병색이 가시지 않아 파리했고 볼도 여위어 있었다. 그녀는 상냥하게 미소 지었지만 늘 그렇듯이 머뭇거리며 손을 내밀었다.

그도 그녀의 손을 잡았다. 평소라면 내키지 않는 듯 그녀의 손을 잡았고, 그녀가 있는 동안 내내 고집스레 입을 다물고 있던 그였다. 그러나 그날은 달랐다. 그는 그녀의 손을 놓지 않았다. 그는 시선을 떨구었다. 그들 둘뿐이었고 아무도 그들을 보지 않았다. 간수도 마침 시선을 다른 곳으로 돌리고 있었다.

어떻게 그런 일이 일어난 것인지 그는 알 수 없었다. 무언가 알지 못할 힘이 그를 움켜쥐고 그녀의 발아래 내동댕이친 것 같았다. 그는 울면서 그녀의 무릎을 껴안았다. 순간 그녀는 무섭게 겁에 질려 죽은 사람처럼 얼굴이 창백해졌다. 그녀는 벌떡 일어나 몸을 부들부들 떨면서 그를 바라보기 시작했다. 그러나 곧바로 그녀는 한순간에 모든 것을 이해했다. 무한한 행복이 그녀의 두 눈에서 빛을 발했다. 그녀는 모든 것을 이해했고 더 이상 의심하지 않았다. 그는 자기를 사랑하고 있다. 한없이 사랑하고 있다. *그의 시간*이 마침내 온 것이다.

그들은 뭔가 말을 하려 했으나 그럴 수 없었다. 눈물이 그들의 눈에 맺혔다. 그들은 둘 다 창백하고 야위어 있었다. 하지만 그들의 병들고 창백한 얼굴에는 새로워진 미래의 빛이, 새로운 삶을 향한 소생의 빛이 감싸여 있었다. 사랑이 그들을 부활시켰다. 그들 각자의 마음에는, 상대방을 위한, 마르지 않는 생명의 샘이 깃들어 있었다.

그들은 참자고, 기다리자고 다짐했다. 그들 앞에는 아직 7년의 세월이 남아 있었다. 그때를 기다리는 동안 그들은 수많은 고통과 무한한 행복을 맛보리라! 그러나 라스콜리니코프는 부활했고 그는 그것을 알고 있었다. 그는 갱생한 자신의 전 존재로 그것을 온전히 느끼고 있었으며, 그녀는 그의 생명만으로 살아 있을 뿐이었다.

그날 저녁 라스콜리니코프는 나무 침상에 누워 그녀를 생각했다. 이제껏 그의 적이었던 죄수들이 모두 그를 다른 눈으로 보고 있는 듯 여겨졌다. 그 스스로 자진해서 그들에게 말을 걸었으며 그들은 상냥하게 대답했다. 당연히 그래야만 하지 않겠는가? 이제 모든 것이 바뀌어야 하지 않겠는가?

그는 이제 더 이상 과거의 기억 때문에 괴로워하지 않았다. 도대체 과거의 그 고통 따위가 무엇이란 말인가! 이 최초의 도약 속에서, 모든 것이 심지어 그의 범죄, 선고와 유형마저도 이제 자기 밖 그 어디에선가 벌어진 일처럼 여겨졌고, 자기와는 연관이 없는 일처럼 여겨졌다. 게다가 그는 그날 저녁 길게 생각할 수도 없었으며 무엇엔가 생각을 집중할 수도 없었다. 그 상태에서는 그 어떤 것도 의식적으로 해결할 수는 없었으리라! 그는 다만 느끼고 있을 뿐이었다. 삶이 논리와 이론을 대신한 것이며 그의 의식은 그 무언가 새로운 것을 공들여 만들어야만 했다.

그의 베개 밑에 복음서가 놓여 있었다. 그는 무의식적으로 그것을 집어 들었다. 소냐의 것으로서 그녀가 그에게 나사로의 부활을 읽어준 바로 그 책이었다. 그는 지금까지 그것을 펼쳐본 적이 없었다. 지금도 그는 그것을 펼치지 않았다. 하지만 그 책을 앞에 두고 한 가지 생각이 그에게 찾아왔다.

'이제 그녀의 신념들은 바로 나의 것이 아닐까? 최소한 그녀의 감정, 그녀의 열망은…….'

그녀 역시 온종일 흥분해 있었고 저녁에는 앓아누울 정도였다. 하지만 그녀는 겁이 날 정도로 너무 행복했다. 7년, 그래, 겨우 7년이야……. 그렇게 행복이 시작되던 순간, 그들은 그 7년을 7일 정도로 여길 준비가 되어 있었다. 그는 그들의 새로운 삶에도 고통이 있을 것이며 비싼 값을 치러야 한다는 것, 영웅적이면서도 힘든 시련을 겪어야 한다는 것을 모르고 있었다.

하지만 이제 전혀 다른 이야기가 이미 시작되고 있다. 한 인간이 점차 새로워지는 이야기, 그가 새롭게 태어나는 이야기, 이전까지는 그가 전혀 알지 못했던 새로운 현실로 상승하는 이야기가 바로 그것이다. 그것은 새로운 이야기의 주제가 될 수 있을 것이지만 이 이야기는 이것으로 끝을 맺는다.

## 『죄와 벌』을 찾아서

표도르 도스토예프스키(1821~1881)의 『죄와 벌』을 앞에 두고, 우리는 잠시 열정에 사로잡힌 진지한 젊은이가 되어 아주 묵직한 질문을 던져보자. 묵직한 질문이긴 하지만, 젊은이라면 누구나 던질 수 있는 질문답게 그것을 아주 간단하게 줄이면 다음과 같을 것이다.

어떻게 하면 나만의 의미 있는 삶을 살 수 있을까? 어떻게 사는 게 잘 사는 것일까?

물론 답은 없다. 굳이 답이 있다고 한다면 그 질문 속에만 들어 있을 뿐이다. 『죄와 벌』의 라스콜리니코프는 그 질문을 가장 극단적으로, 그리고 극적으로 밀고 나간, 19세기 러시아의 한 진지한 젊은이이다. 소설을 읽으면서 우리는 그의 질문 속에 빠져들어 함께 고민하고, 함께 번뇌한다. 그러다 보면 어느 새 그의 질문이 우리의 질문이 된다. 혹시 알겠는가? 책을 덮고 그와 함께 그 질문에서 빠져나오는 순간 우리에게 세상 전체가 온통 다르게 바뀌어 있을지…….

라스콜리니코프는 전당포 노파를 살해한다. 『죄와 벌』을 읽지 않은 사람도 알고 있을 정도로 그 이유는 간단하다. 사람들에게 백해무익한 이(蝨)와 같은 노파를 살해하고 그 돈을 좋은 일에 쓴다면 그 행위는 결코 범죄행위가 될 수 없다는 이른바 '이론' 때문이다. 물론 그 '이론'은 허점투성이이다. 우선, 사람이 사람을 죽인다는 것은 법적인 문제는 차치하고라도 도저히 도덕적으로도 용납하기 어렵다. 또한 살인자 자신이 그 어떤 구실을 앞에 내세우더라도 그는 양심의 가책을 느낄 수밖에 없다. 그런 도덕적 문제, 양심의 문제는, 다른 사람들에게 이익이 되면 그만이라는 공익적 가치와 절대로 한 저울로 잴 수 없다. 아예 전제 자체가 잘못된 것이다.

그러나 라스콜리니코프의 그 고민은 러시아의 당대 상황을 고려하면 어느 정도 이해가 가능하다. 당시 러시아의 수도는 상트페테르부르크(페테르부르크)였다. 페테르부르크는 러시아의 근대화의 상징이다. 페테르부르크는 자연스럽게 성장한 도시가 아니라 철저하게 합리적 계산으로 18세기에 건설된 도시이다. 페테르부르크라는 도시에는 '낡고 낙후된 러시아여, 안녕! 새롭고 근대화된 조국이여, 어서 오라!'라는 염원이 숨 쉬고 있다. 한마디로 페테르부르크는 이전 시대의 모든 것에 대한 전면적인 '거부'와 '부정'의 상징이고 새로움의 상징이다. 그 새로운 조국이란 바로 유럽화된 러시아를 말한다. 그리고 러시아 젊은이들이 유럽의 상징으로 받아들인 인물이 바로 나폴레옹이다.

소설에서 라스콜리니코프는 스스로 나폴레옹이 되고 싶어 한다. 나폴레옹이 누구인가? 완벽한 상승의 상징이고 탈바꿈의 상징이다. 그는 그 어떤 장애도 다 돌파해냈으며, 일개 중위에서 황제가 되어 원하던 권력과 영광을 모두 손에 넣은 인물이다. 그는 자신에게는 모든 것이 허용되어 있다는 신념과 의지로 그 모든 것을 이룬 인물이다. 그는 비범한 인물이기에 후회를 하지도 않고 쓸데없는 양심의 가책에 시달리지도 않는다. 그것이 당대에 페테르부르크의 젊은이들을 사로잡고 있던 나폴레옹 신화이다.

라스콜리니코프는 자신을 나폴레옹과 동일시한다. 한마디로 자신이 인류 전체를 위해 그 무언가 위대한 업적을 이룩할 비범한 사람이라고 생각한 것이다. 하지만 그는 나폴레옹이 아니다. 더욱이 그가 받아들인 나폴레옹은 신화가 된 나폴레옹이지 실제의 '살아 있는 나폴레옹'이 아니다. 나폴레옹이라고 해서 왜 고민이며 갈등이 없었겠는가? 그 고민과 갈등까지 포함되어 나폴레옹이라는 인물이 만들어진 것 아닌가?

당연히 라스콜리니코프에게도 고민과 갈등이 생긴다. 그리고 그 고민과 갈등의 기록이 바로 소설 『죄와 벌』이다. 그리고 결국 그가 걷게 되는 길은 나폴레옹처럼 영웅이 되는 길이 아니라, 영혼이 구원을 받는 길이다. 그 길은 나폴레옹과는 전혀 다른 길이다. 그 길이 나폴레옹과 전혀 다른 길이면서 온전히 라스콜리니코프만의 길이 될 수 있었던 것은 그가 소냐를 만났기 때문이다.

소냐는 창녀이다. 하지만 그녀가 창녀가 된 것은 가족의 생계를 위해서이다. 그녀는 가족을 위하여 기꺼이 자신을 희생한 것이다.

소냐에게 라스콜리니코프는 연달아 말한다.

"말해봐! 이런 치욕과 천한 일이 어떻게 그와는 반대되는 성스러운 감정들과 당신 안에서 함께 존재할 수 있는 거

지? 물속에 거꾸로 뛰어들어 단번에 끝장내는 게 옳은 거 아니야?"(47~48쪽)

"이제 내게 남은 건 당신뿐이야. 함께 가자……. 나는 바로 당신에게 온 거야……. 우리 둘은 모두 저주받았어……. 그러니 함께 가야 해!"(52~53쪽)

"나중에 이해하게 될 거야. 당신도 같은 짓을 하지 않았어? 당신도 이미 벽을 넘어섰어……. 그래, 벽을 넘어설 수 있었던 거야……. 당신은 당신을 죽였어……. 당신은 생명을 잃은 거야……. 자기 생명을……. 당신은 혼자야……. 하지만 계속 그렇게 혼자 있다가는 결국 나처럼 미치고 말 거야. 당신은 이미 미친 거나 다름없어. 그러니 우린 함께 갈 수밖에 없어. 자, 함께 가자!"(53~54쪽)

자신이 살인을 저질렀음을 고백한 후에도 자신을 물리치지 않는 소냐에게 라스콜리니코프가 그 이유를 묻자, 소냐는 이렇게 답한다.

"이 세상에서 당신보다 불행한 사람은 없어요!" (115쪽)

그렇다. 그 둘이 하나가 되는 것은, 둘이 사랑을 하게 되는 것은, 그 둘이 모두 저주받았기 때문이고 벽을 넘어섰기 때문이며 둘 다 상대방에게서 극심한 불행을 보았기 때문이다.

그러나 둘 다 불행하긴 마찬가지이지만 둘은 분명히 다르다. 둘 다 사회적으로 어떤 선을 넘은 것은 마찬가지이다. 한 명은 살인자이고 한 명은 창녀다. 그러나 소냐가 그 선을 넘은 것은 가족에 대한 사랑과 자기희생 정신 때문이다. 라스콜리니코프가 자신을 시험하기 위해 남을 희생시켰다면 소냐는 남을 위해 자신을 희생시킨다. 그런데 선을 넘은 뒤의 태도는 정반대이다. 소냐는 그 선을 넘은 뒤 죄의식으로 부끄러워하고 괴로워하지만 라스콜리니코프는 여전히 자신의 범죄가 정당함을 주장하고, 그 논리를 찾는다.

그 둘의 관계에서 라스콜리니코프를 구원해주는 구원자의 역할은 당연히 소냐의 몫이다. 자기희생과 사랑이라는 '성스러운 감정' 앞에서 라스콜리니코프는 고해성사를 하는 것이다.

라스콜리니코프와 소냐를 맺어주고 둘이 서로 사랑하게 해주는 것은, 우리에게 익숙한 남녀 간의 사랑의 감정이 아니다.

그것은 바로 연민, 혹은 동정(compassion)이다. 상대방의 모습에 반해서 사랑을 하게 되는 것이 아니라, '저 사람도 나와 똑같이 고통받고 있다'라는 생각이 둘을 맺어준다. 불행한 자만이 불행한 자를 진정으로 이해할 수 있다고 했던가? 그러니 그들의 고통이 크면 클수록 사랑은 깊어간다.

어떤가? 우리가 만약 우리의 이웃을 향하여, 우리가 늘 만나는 사람을 향하여, 그들의 고통을 이해하고 그에 공감할 수 있다면 그들을 향한 이해심, 그들을 향한 사랑도 깊어지지 않겠는가? 오해는 말자. 고통 없이는 구원도, 사랑도 없다고 강변하는 것이 아니다. 다만 이 세상 그 누군들 마음속에 불행과 고통을 지니지 않은 사람이 있겠느냐고 한마디 하고 싶을 뿐이다.

이 소설의 에필로그에 대해 무슨 말을 덧붙일 필요가 있을까? 한마디로 두 남녀가 서로를 통해 구원받고 부활하는 감동적인 장면이라고 말하는 것으로 충분하리라. 둘은 각자 상대방을 살리는 생명의 샘이 되는 것이다.

그들은 뭔가 말을 하려 했으나 그럴 수 없었다. 눈물이 그들의 눈에 맺혔다. 그들은 둘 다 창백하고 야위어 있었다. 하지만 그들의 병들고 창백한 얼굴에는 새로워진 미래의 빛이, 새로운 삶을 향한 소생의 빛이 감싸여 있었다. 사랑이 그들을 부활시켰다. 그들 각자의 마음에는, 상대방을 위한, 마르지 않는 생명의 샘이 깃들어 있었다.

(244쪽)

이 소설이 제기하는 주제가 너무 무겁고 벅차다면 이 소설을 아주 재미있는 탐정소설, 혹은 심리소설로 읽어도 무방하다. 그렇게 읽을 때 우리는 빅토르 위고의 『레미제라블』에 나오는 자베르와는 또 다른 전형적인 수사관 포르피리를 만난다. 나는 『죄와 벌』을 읽으면서 포르피리라는 캐릭터에 자꾸 피터 포크가 주연한 텔레비전 드라마 〈형사 콜롬보〉가 겹쳐졌다. 모든 것을 다 알고 있으면서 능청을 떠는 그 모습이 얼마나 비슷해 보였는지. 혹 형사 콜롬보의 작가가 포르피리에게서 영감을 얻은 것은 아닐까?

『죄와 벌』은 1866년 「러시아 통보」라는 잡지에 몇 회에 걸쳐 연재된 후 이듬해인 1867년에 두 권으로 간행되었다. 이 소설이 연재되는 동안 "사람들은 모두 『죄와 벌』만 읽었다. 문학에 흥미가 있는 사람들은 오로지 이 작품에 대해서만 이야기를 했다"라고 말할 정도로 열광적인 반응을 받았으며 "이 책을 읽는 것이 너무 고통스러워 예민한 독자는 병에 걸릴 지경이었기에 도중에 읽기를 멈춰야만 했다"라고 말한 사람도 있을 정도로 영향력이 컸다. 『죄와 벌』은 각각 10편 정도의 영화와 텔레비전 드라마로 각색되어 사람들의 사랑을 받았으며 만화로 각색되기도 했다.

도스토예프스키는 1821년 모스크바에서 자선병원 의사였던 아버지 미하일 안드레예비치 도스토예프스키와 신앙심이 깊었던 어머니 마리야 표도로브나 네차예바의 둘째 아들로 태어났다. 17세 때인 1838년 공병학교에 입학했으며 1840년 하사관으로 임명되었다. 두 해 후에 소위로 임관했고 23세 되던 1844년 제대했다.

이후 오로지 집필에만 몰두해 1846년 『가난한 사람들』을 발표한 이후로 10여 편의 장편과 단편을 계속해서 발표했다. 그러던 그에게 일생일대의 사건이 하나 벌어진다.

도스토예프스키는 기질상으로 보나 개인적 신념으로 보나 혁명주의자는 아니었다. 그러나 그는 사회주의자인 푸리에와 프루동의 책을 함께 읽는 젊은 문인들의 모임에 정기적으로 나갔다. 1849년 그는 불순분자라는 이유로 다른 문인들과 체포되어 사형선고를 받는다. 그해 12월 그는 세묘노프스키 광장으로 끌려 나가 총살을 받기 일보 직전의 상황에 처했다. 그런데 일촉즉발의 순간 황제의 특사로 사형 집행이 중지되고 중노동으로 감형된다.

이후 4년간의 잔여 형기를 마치고 그는 1854년 출옥한다. 그리고 38세가 되던 1859년까지 다시 입대해 군 생활을 한다.

그가 40세 되던 1961년에 농노 해방제가 실시되었으며 그는 그해에 『상처받은 사람들』을 출간했다. 노름 벽과 간질이라는 두 가지 장애가 있었던 그는 끊임없이 가난과 빚에 시달렸지만 왕성한 작품 활동은 멈추지 않았다. 1866년에 『죄와 벌』을, 1868년에 『백치』를, 1871년에 『악령』을 연재했으며, 1879년에는 『카라마조프가의 형제들』 연재를 시작해 이듬해 단행본으로 출간했다.

그는 60세 되던 1881년 동맥 파열을 겪은 후 1월 28일에 사망해 페테르부르크의 알렉산드르 네프스키 대수도원 묘지에 안장되었다.

그가 톨스토이와 함께 러시아의 양대 문호로 일컬어지는 데는 그 누구도 이의를 달지 않으며, 그에게 세계문학사의 손가

락에 꼽히는 거장이라는 칭호를 내리는 데도 그 누구 하나 주
저하지 않는다.

# 죄와 벌 Ⅱ

생각하는 힘: 진형준 교수의 세계문학컬렉션 44

| | |
|---|---|
| 펴낸날 | 초판 1쇄 2020년 4월 17일 |

| | |
|---|---|
| 지은이 | 표도르 도스토예프스키 |
| 옮긴이 | 진형준 |
| 펴낸이 | 심만수 |
| 펴낸곳 | (주)살림출판사 |
| 출판등록 | 1989년 11월 1일 제9-210호 |

| | |
|---|---|
| 주소 | 경기도 파주시 광인사길 30 |
| 전화 | 031-955-1350  팩스  031-624-1356 |
| 홈페이지 | http://www.sallimbooks.com |
| 이메일 | book@sallimbooks.com |

| | |
|---|---|
| ISBN | 978-89-522-4207-5  04800 |
| | 978-89-522-3986-0  04800 (세트) |

※ 값은 뒤표지에 있습니다.
※ 잘못 만들어진 책은 구입하신 서점에서 바꾸어 드립니다.

이 도서의 국립중앙도서관 출판시도서목록(CIP)은 서지정보유통지원시스템 홈페이지
(http://seoji.nl.go.kr)와 국가자료공동목록시스템(http://www.nl.go.kr/kolisnet)에서
이용하실 수 있습니다.(CIP제어번호: CIP2020013937)

| | |
|---|---|
| 책임편집 | 박규민 |